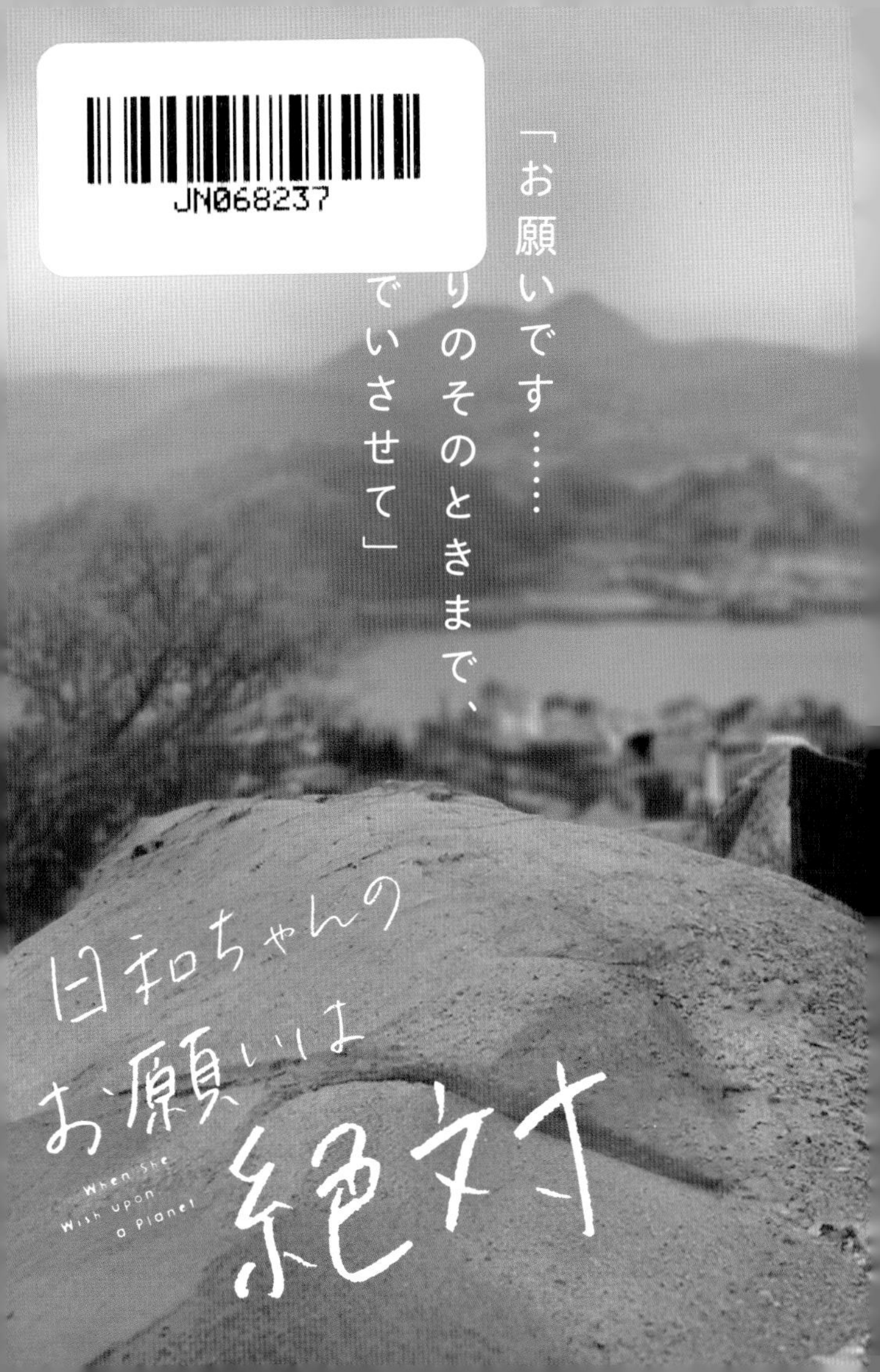
「お願いです……
りのそのときまで、
でいさせて」
日和ちゃんのお願いは絶対
When She Wish upon a Planet

深春くん
けどね……わたしの力、
ずいぶん強くなったの
だから……決めました
みんなを、人類を滅ぼします
すべて
願い

冗談……
だろ？
ごめん
本気なんだ
……思うんだね
わたしはこの世界を、
終わらせることにしたの

「……あと少しで、全部終わるよ」

日和ちゃんのお願いは絶対5
When She Wish Upon a Planet
岬鷺宮
堀泉インコ

第1話　破局

——その音がしたのは、日の昇る少し前。

徐々に空が白み、鳥の声が上がりはじめた時刻だった。


その頃、俺は布団《ふとん》の中で夢を見ていた。文化祭をみんなと楽しむ夢だ。

世界は平穏で、ウイルスで亡《な》くなった生徒も健在で、尾道《おのみち》の町も以前の通りで。俺たちは出店を回り出し物を見て、祭りを満喫していた。焼きそばにクレープに吹奏楽の演奏。バンド演奏や演劇部の発表もある。

華やかで浮ついた楽しい時間。弾む仲間とのやりとり——。

けれど頭のどこかで、これは夢だと理解していた。

こんなの、どう考えたって現実じゃない。俺の願望から生まれた幻だ。

だからこそ、できるだけ長くこの幸福を味わいたいと思っていた。こんな夢を見続けていたいと、眠りにしがみついていた。

そんなまどろみを——『それ』が一撃で砕いた。


——轟音《ごうおん》。

——大音声《だいおんじょう》。

衝撃が身体《からだ》に走り――俺は反射的に飛び起きる。

「――うわあっ⁉」

狭く薄暗い自室。小さい頃から見慣れている風景。

そしてそこに、さらに立て続けに襲いかかる爆音。

部屋にあるものがガタガタと小刻みに震える。

「な……なんだよ、これ……」

手に触れることができそうな空気の振動に、最初はそれが音だと認識できない。唐突で強烈な五感への刺激は、それそのものが暴力として機能する。

けれど、皮膚で理解した。

――危険が迫っている。

きっとこれまでにない、大規模な災害が起きている――。

隣では、同時に跳ね起きた卜部《うらべ》の弟、凜太《りんた》が目を丸くしている。

両耳を手で押さえながら、俺は彼に大声で呼びかけた。

「――とりあえず、居間行くぞ！」

「――うん！　ていうか何だよこれ！　何の音だよ！」

「――わかんねえ！　でも多分……相当ヤバいぞこれ！」

時折そのボリュームを上下させながら、不定期に衝撃波は続いている。

これまでも、俺たちが住む尾道《おのみち》は繰り返し災害に晒《さら》されてきた。豪雨に地滑り。先日まで猛威を振るっていたウイルス禍《か》だって、市民に大きな被害をもたらした。

それでも……。

こんな音は、初めてだ。地滑りの低い轟音《ごうおん》とは違う、豪雨の全帯域で鳴る騒音とも違う。

もっと圧倒的な——崩壊を感じさせる音。

心臓が、早鐘のように鳴っていた。

命の危険が、喉元に突きつけられている感覚。

布団《ふとん》を抜け出し、部屋にまとめてあった防災リュックを背負って居間へ向かう。

階段を降りながら——ふと、ほんの半日前のことを。昨日の出来事を思い出した。

俺たちが実行委員となり、小中高合同で開催した文化祭。あの楽しさ、賑《にぎ》やかさ、うれしさは、まだかすかに俺の頭に余韻を残していて……現実とのギャップに、めまいを起こしそうになる。

「何なんだ、これ……！　マジで、何が起きてるんだよ……！」

階段を降り一階に着く。

その勢いで居間へ駆け込むと、

「……深春《みはる》！　凜太！」

「おお、卜部も大丈夫だったか⁉」

「うん……だけど。どうなってるの、これ……」

俺たちと同じく目を覚ましたんだろう。寝間着姿の卜部が、不安げに視線をさまよわせていた。

普段は流れるような黒髪を雑に括《くく》り、メイクもしていない唇を噛《か》む卜部。

最近は、彼女のこんな姿もずいぶんと見慣れてしまった。一緒に暮らすようになって、お互い無防備な格好も見せ合うようになった。それでも、今日の彼女は見るからに「着の身着のまま」で。改めて『非常事態』が起きていることを実感する。

「いや、俺たちも全然わかんなくて……。地震とか、テロとか？」

「わたしも、そうかなと思ったんだけど……。別に地面揺れてないし、街も普通だし……」

言われて、窓の外に目をやった。

そこにあるのは——意外にも、普段通りの尾道《おのみち》の町だった。

明けはじめた空と、徐々に照らされつつある古い街並み。近所の人々が、様子を見に外に出てきている姿は見えるけれど……それ以外はいつもと変わらない。

地滑りもテロの痕跡も見られない、平和な風景——。

けれど……今も爆音は時折響いていて。

ボリュームも頻度も下がったけれど、その脅威は未《いま》だに消え去ってはいなくて。

俺はこのとき——初めて恐怖を自覚する。

このわけのわからない状況が、どうしようもなく怖い。

ぎゅっと握る手が小さく震え、背中を汗が伝っていく。

「──ひとまず、避難所に行こう！」

すでに準備をはじめていた父さん母さんが、俺たちにそう言う。

「何が起きるかわからないし、ここだって地滑りの危険もある！　だから深春も絵莉《えり》ちゃんも凜太くんも、着替えて荷物まとめて！」

「食料や飲み物はわたしたちが用意するから！　三人は、着替えと日用品をお願い！」

「……お、おう！」

「わかった！」

俺たちはうなずき合うと、もう一度それぞれの部屋に向かう。

もしものときのため、避難の手順は家族で話し合ってあった。今はそれを、出来る限り迅速にこなそう。「やるべきこと」がはっきりしたら、余計なことも考えなくて済むはず。

──けれど、そんな期待とは裏腹に。

早足で階段を上りながら、脳裏にふとあることがよぎる。

──日和《ひより》。

何ヶ月も尾道《おのみち》を離れていた、先日ふいに戻ってきた日和。

文化祭に参加し、俺に気持ちを尋ねた彼女――。

……もしかして知っていたんだろうか。

こういうことが起きるのを知っていたから、日和はこの街に戻ってきて、俺にあんなことを聞いたんだろうか。

もはや恋人でも何でもないはずなのに、そんなことを考えている場合でもないのに、疑問は次々頭に浮かぶ。

だとしたら……今、日和はどこにいるんだろう。

何をして、何を考えているんだろう。

どんな気持ちで、この音を聞いているんだろう。

卜部姉弟と手分けして日用品をかき集めながら。俺はどうしても、彼女のことを頭から振り払えない――。

＊

「――うわ、めちゃくちゃ混み合ってるな……」

「そりゃ、あきらかに異常事態だしね……」

——避難場所として指定された、市の体育館。

そのフロアは、同じように避難してきた市民たちで一杯になっていた。

高齢の夫婦に子供連れの家族。小学生や中学生や、同い年くらいの高校生。

彼らは提供された青いビニールシートの上に腰掛け、一様に表情を曇らせている。

ニスの塗られた板張りの床の上。多種多様な人が荷物を広げている様子は、つい昨日、文化祭で開かれたバザーの様子にも似ていた。

——これまでも、何度かこの避難所に避難したことはあった。

尾道《おのみち》に台風がやってくる前後や、大きめの地震のあった直後。この半年で、計三回ほどはここで夜を明かしている。

けれど……こんなに人が集まるところを見るのは初めてで。改めて、今起きていることが「未経験の脅威」であること。皆がそれに危機感を覚えていることを実感した。

「……なんか、寒いな」

「うん、そうだね……」

割り振られたシートに座り、隣の卜部とそんな風に言い合った。

床を伝ってくる冷たさ、それが妙に堪える。

五月。例年であればそろそろシャツ一枚でも過ごしやすい季節だ。けれど、最近はもう気候もめちゃくちゃで、酷く暑い日もあれば朝晩は冷え込む日もあって。そのせいか、明け方の体育館は震えるほどに肌寒い。

未《いま》だに時折爆発音が聞こえることも、その心許《こころもと》なさを助長しているような気がした。

そんなタイミングで、

「――ブランケット、もらってきたよ」

「おお、ありがとう！　助かるわ……」

支給品をもらいに行っていた父さんと凛太が、その手に全員分のブランケットを持って戻ってきてくれる。

さっそく背中に羽織ると、そこからじんわり身体《からだ》が温まる。

ようやく人心地ついた気がして、俺は深く息をついた。

そしてそれは、隣の卜部も同じだったらしい、

「……このまま、何事もなく収まるといいけど……」

深く息を吐き、つぶやくようにして彼女は言う。

「これ以上、何も起きないと良《い》いんだけどなあ……」

「……本当だな」

――そんな風に返しながら、俺は改めてこれまでのことを思い返す。

ほんの半年ほど前まで――俺たちは、世の中がこんな風になるとは思ってもいなかった。

瀬戸内の穏やかな観光地で、のんびり続く高校生活。それがずっと変わらないんだと思って

いたし、未来はその延長線上にあるんだと思っていた。

もちろん、当時から世界にはたくさんの問題があった。

経済や環境や災害の問題。紛争やテロもなくならないし、ミクロの視点でもマクロの視点でも、数え切れないほどの困り事や揉《も》め事《ごと》があった。

けれどそのすべてが――混乱が一気に拡大し。ここまで世の中が変わってしまうなんて思ってもいなかった。

……今となっては、以前の生活が夢みたいだ。

当たり前に学校に通えて、友達や恋人と笑い合えて、未来の不安もなかった生活――。

「小学校の生徒たちも、いるかな……」

ふいに、卜部がそんな風につぶやいた。

「大丈夫かな、みんな怖がってないといいけど……」

「ああ……そうだな」

俺も、彼女の隣で一つうなずく。

「余裕ができたら探して、声かけてもいいかもしれないな……」

卜部の言う通り、こんな状況でも「臨時教師」として生徒たちのことは気にかかった。

普段から、ストレスの多い生活をしている彼らだ。こんな状況怖いに決まっている。

できるだけそれを、俺たちがやわらげることができればいいんだけど……。

——腰が落ち着いたところで、諸々《もろもろ》避難生活の準備をはじめる。

爆音は止《や》む気配がないし、どれだけここで暮らすことになるかもわからない。

まずは掲示板へ向かい、頃橋《ころはし》家と卜部家の全員が避難していることを記載。その後、避難用に持ってきた荷物を再確認。数日分の食料と水があるのを把握したら、それを踏まえて市で保存してある非常食の配給の申請を出した。

ちなみに。市の食料流通を担《にな》っている両親は、こんな状況でも備蓄の運用が気になるようだった。仕事熱心だな、と息子ながら感心してしまう。

……実際、どれくらいの日数避難者はここで生活していけるのだろう。

準備が一段落して、俺はシート上でそんなことを考える。

もちろん、備蓄だっていつか底をつくわけで、ずっとこうしていられるわけではないだろう。以前だったら他の自治体からの援助も期待できたけれど、流通の破綻した今はそういうわけにもいかない。

そもそも……本当にこの場所にいて、大丈夫なんだろうか。

ここにも土砂崩れやら津波やらが押し寄せて、全員犠牲に、なんてなったりはしないのだろうか……。

——そんな不安に、苛《さいな》まれていたときだった。

「……ねえ、何あれ」

そんな声が、体育館の片隅。いくつかある出入り口の方から聞こえた。

「え、雲じゃない？」

「そうかな……」

……最初は、さほど気にもしなかった。

似たような会話はあちこちで交わされているし、考えるべきことは山ほどある。

夜明けに目を覚ましてここまで動き通しだったから、酷《ひど》く疲れてもいる。

だから、聞くでも聞かないでもなくぼんやりとスルーしていたのだけど、

「え……こっち広がってくるんだけど……」

「ヤバくない？」

「うそ、めちゃくちゃ早いよ……」

「真っ黒なんだけど……」

声は徐々に大きくなっていく。周囲に人々も集まりはじめる。

「こわ……」

「ちょ、逃げた方がいいかな」

「でも、どこに？」

──胸騒ぎがした。

何だろう、一体何があったんだろう。

気付けば、両親も卜部姉弟も、不安そうに騒ぎの方を見ている。

「……俺、様子見てくる」

「わ、わたしも！」

卜部とともに立ち上がり、シートの端で室内履きを履く。

そして、小走りで出入り口に近づき、集まった人だかりの隙間から向こうを見ると――、

「……何だあれ」

「煙……？」

――真っ黒だった。

真っ黒で濃密な「雲」のようなものが、北の空からこちらに向かって伸びてきていた。

ただ……おそらく普通の雲ではない。

もっとどす黒く固そうな、触れればボロボロと崩れそうな何か。

それが――信じられない速度でこちらに迫ってくる。

背筋が粟立《あわだ》った。

これまで見たことのない異形。

それが爆音とともに――こちらに忍び寄りつつある。

この様子だと、尾道《おのみち》に届くまでそう時間もないだろう。おそらく――数時間。

日が暮れる前には、あの暗い雲はこちらに届くかもしれない。

「……に、逃げよう！」

「とりあえず、どこか遠くに！」

「どうする⁉　もうきっとフェリーも動いてないし……」

——周囲でも、徐々に困惑が混乱に変わっていく。

怯《おび》えた人々が、その場を離れどこかに逃げる準備をはじめる。

俺と卜部も、

「……ひ、ひとまずシートに戻ろう」

「そうだね、どうするか相談して……」

とうなずき合い、家族の待つ避難場所へ戻る。

けれど——その間も騒動は拡大し。人々は慌ただしく行動をはじめる。

体育館を出る準備をする者。市の職員にあれは何だと問い詰める者。

何かトラブルでもあったのか、高齢の男性が大きな声を上げる。

それが——引き金になった。

パニックが発生するまで、あっという間だった。

あちこちで上がる大声。出入り口に殺到する人々。どこかで子供が泣き、誰かが罵り合う声が聞こえた。

「ちょ、どうするよ、父さん！」

周囲の動揺に、俺も思わず父に尋ねた。

「俺たちも、どこかに移動する⁉　ヤバいんじゃないの？　このままだと……」

冷静さを失いはじめていた。

朝からずっと、これまでにない恐怖を覚えていたんだ。

これからどうなるんだろう。尾道《おのみち》の町は、俺たちは無事で済むんだろうか。

最悪の出来事が、ついに俺たちに降りかかるんじゃないか……。

周囲のヒステリックな空気が、俺自身に感染しつつある――。

けれど、

「いや、もうちょっと様子を見よう……」

――居酒屋を切り盛りして二十年。

客とのトラブルに巻き込まれることもあり、息子の俺から見ても肝の据わっている俺の父親は、つとめて冷静にそう言う。

「どこかに移動するにしても、今行ったらケガをしかねない。とりあえず、しばらく状況が落ち着くのを待とう」

「そうは、言っても……」

あの暗い雲は、今もこちらに向かいつつあるんだ。

それが何かはわからないけれど――はっきりと、不穏な気配は感じていて。

叫びだしそうな気分のまま、俺は父の言う通りその場に留まることしかできない。

……どうすべきだ？　このまま本当にここに待機する？

あるいは、無理にでも説得してどこかに逃げるか？　本当は、その方がいいんじゃないか……？

わからない……。今どうすべきなのか、俺には判断できない……。


――けれど、そのときだった。

ふいに――俺はその場に立ち上がる。
――自分の意思ではない。
なぜか――そうしようと思った。

「……ん？　どうしたの？」

隣で卜部が、不思議そうにこちらを見上げる。

「また、様子見に行く？」

そんな彼女に、俺はほとんど説明もせずにうなずいた。

「……うん、ちょっと行ってくる」

……そうだ、俺には行く場所がある。

今からすぐに向かいたいところがある。なんとしてもそこに行かなきゃならない。

「あ、じゃあわたしも……」

「いや、俺一人で行くよ」

「……そう?」

「うん。すぐ戻るから」

「……わかった」

怪訝《けげん》そうな卜部をそこに残し、俺はシートを出た。

そして、人の少ない出入り口をなんとか抜け出し、体育館の敷地《しきち》を出ると――『向かうべき場所』を目指して歩きだした。

*

無人の駅前を越え、海沿いを歩く。

黒い雲がこちらに伸びるのを横目に、足早に先に進む。

辺りには、人の姿は見えない。

不気味に静まりかえった朝の尾道《おのみち》の町と、濃い青の瀬戸内海。

数分もすると、目的地が見えてきた。俺が今、行くべきところ。

——この意味を、俺はきちんと理解している。


ふいに、その場に立ち上がりたいと思った。

体育館を出て、ある場所へ行きたいと思った。

不自然に、そんな欲求が自分の中に生まれた——。


そんなことができるのは——一人だけだ。

わけもなく、人を動かすことができるのは一人だけ——。

こんなタイミングで、『彼女』が俺を呼び出した。なら、大切な話があるに違いない。さっと……俺たち自身や、この街の今後を大きく左右する、大切な話が。

そして——俺は目的地に。『フェリー乗り場』に到着する。

向島《むかいしま》と本土の間を行き来する、小さな船の発着場だ。

もちろんこんな状況で、船は動いていない様子だ。

辺りには車はもちろん、通行人の姿も見えない。

見上げると……さっきは遙《はる》か北の空に浮かんでいた黒い雲が、もうずいぶんとこちらに迫りつつあるように見えた。青白く塗りつぶされた空の一角を、どす黒く覆っているベール。その面積は、こうしている今も目に見える速度でジワジワと広がっていく。

「……深春くん」

声がした。
鈴の転がるような、慣れ親しんだかわいらしい声。
振り返ると——そこには案の定、彼女がいる。
「……こんにちは。ごめんね。こんなときに呼び出して」
短く切られた茶色い髪。
ちょっと日焼けした頬に、子供みたいに丸い目。
薄い唇に困ったような笑みを浮かべる、彼女——。
——葉群《はむれ》日和。
俺の元恋人にして、絶対の『お願い』の力を持つ重要人物。
そして——つい昨日。俺の気持ちを知りたがった一人の女の子が、そこにいた。
「……おう」
そうなのだと、わかっていた。

俺をここに呼び出したのは、他でもない日和だ。

──『お願い』の力。

日和の持つその力は、以前は『言葉にして相手に伝えること』で発動していた。

日和に願われれば、誰もそれを断ることはできない。

絶対遵守の、魔法のような能力だった──。

それを活《い》かして、【天命評議会《てんめいひょうぎかい》】を率いていた日和。世界の裏側で暗躍し、この星の未来に関わり続けてきた彼女──。

その力は活動を続けるうちに成長を続け──ついには、言葉にしなくても。日和が内心で願うだけでも、相手を動かすことができるようになった。

だから──今回もそうなんだ。

日和が『お願い』を使って、俺をここに呼び出した……。

……それにしても。

体育館からここまで、かなりの距離がある。

小走りで十分ほど。一キロほどもあるだろうか……。

……そんなに離れた相手にも。遠くにいる相手にも、今の日和は『お願い』をすることができるのか……。

「……どうしたんだよ」

そんな事実に驚きながら、俺は彼女に尋ねる。

「なんで、こんなところに俺を……ていうかこれ、どうなってるんだよ。マジでもう、何が起きてるんだよ……」

本当は、彼女にぶつけるべき疑問でもないのかもしれない。けれど、少なからず日和は俺よりも『情報』を持っているだろう。つい最近も、『お願い』を行使すべく世界を飛び回っていたようなのだから。

そしてその予想の通り、

「……前から、予測はされていたの」

日和は端的に、俺にそう言う。

「もう、ずいぶん前から、この『災害』が起きる可能性があるってことは、予測されてた」

「『災害』……なのか。やっぱり、これって」

「うん、そう」

こくりとうなずく日和。

そして彼女は、テスト範囲でも教えるような口調で、

「規模としては——有史以来最大かな。ていうか、ヒトが誕生してから最大かも」

——有史以来。

ヒトが誕生してから最大。

ぽろっと飛び出たその言葉に――俺の頭は追いついてくれない。

言っていることは理解できるのに、それを事実として上手《うま》く飲み込めない。

どういう、ことなのだろう。

それは、具体的にはどれだけ大変なことなのだろう……。

「この発生が確実視されるようになったのは、半年くらい前かなあ。わたしが、深春くんに告白するちょっと前だね。というか、うん……こうなるのがわかったから、告白したところもあって。ごめん、ずっと隠してて……」

――荒唐無稽な話だった。

確か、ヒトが生まれたのは……ホモ・サピエンスが生まれたのは二十万年ほど前。

それ以来最大の災害が、今まさに発生しようとしている――。

冗談としか思えなかった。質《たち》の悪い嘘《うそ》だとしか思えなかった。

けれど……そう言っているのは、他でもない日和なのだ。

世界中の専門家と渡り合い、最新の情報を元に活動してきた彼女。

だから――俺は、いやが上にも思い知らされる。彼女が言うことが、事実であることを。今、とてつもない厄災が、俺たちに迫っていることを――。

「……どうなるんだよ」

そう声に出して、喉がからからに乾いているのに気が付いた。

頭が酷《ひど》く熱を帯びて、ズキズキと痛みを放っている。

「そんな、デカい災害が起きて……世の中どうなるんだよ……」

——答えは、ほとんどわかっていた。

それでも、尋ねずにはいられない問いだった。

日和は、一度小さく苦笑いしてから、

「……人類は、これで終わりだね」

寂しそうに、そう言った。

「ごめん、なんとかしようと頑張ったんだけど……さすがに、わたしの力じゃ無理だったよ」

——当然の話だった。

最大の災害が発生すれば——当然俺たちは滅ぶだろう。

過去、地球では何度も大量絶滅が起きてきた。

恐竜が滅びたのもそう、オルドビス紀やペルム紀の大量絶滅もそう。

それがまた繰り返され、俺たち自身が滅びる——。

「……そう、なのか」

力が抜けて、俺はその場に座り込む。

「これで……終わるのか……」

世界が終わる。ヒトが滅びる。

これまで、漫画やアニメや小説で、何度も目にしてきた展開だった。そういう作品が好きでもあった。

それが、今自分たちの身に起こる。現実の出来事として、この世界で発生する。

「……そっ、か」

……正直に言おう。

そんな事実を突きつけられて。

実際、目の前でこんな異変が起きていて――、
それでも――実感が湧かなかった。

よく、わからなかった。


この世が終わる、皆死んでしまう。

多分、事実なんだろう。日和がそういうのだから、確実にそうなる。

けれど……俺は上手《うま》く、そのことを飲み込めない。本当に、そんなことが起きるという現実味を覚えることができない。

……平和ボケしているんだろうか。

脳が自分を守るため、自然と機能をシャットアウトしたんだろうか。

だとしても、俺は日和の言う予想が現実になるなんて、実感をもって思えなかった。

「……それでね」

日和が、こちらを向く。

「一つ、お願いがあるの」

「……お願い？」

「うん。……あ！　もちろん、能力のことじゃなくて……わたしの、個人的なお願い……」

「……なんだよ」

「……約束、したでしょう？」

言って、日和は小さくほほえむ。

「わたしが、【天命評議会】なんてやめる日が来たら。普通の女の子に戻る日が来たら、そのときは、そばにいてほしいって」

「……うん、そうだな」

日和の言う通り、俺はそう日和に約束していた。

最初は、付き合ってすぐの頃。そして昨日——改めて。

もう、わたしたちは別れてしまった。状況も事情もあの頃と全く変わってしまった。

それでも——まだあの約束を、守ってくれるか、と。

そのときには、そばにいてくれるのかと。

俺は、守りたいと思った。

そんな日が本当に来るのなら、そのとき隣にいるのは自分でありたいと思った。

そして、日和は——、

「……今、そのときが来たんだよ」


——酷《ひど》く苦しそうに。

それでも、その顔に気丈に笑みを浮かべて俺に言う。


「今……全部が終わるの。だからもう、わたしはただの、普通の女の子です」


ようやく——日和の言う意味が理解できた。

「……そういう、ことだったのか」

——俺は深く、息を吐き出した。

そんな日が来るなんて信じられずにいた。

世界に『お願い』が不要になるときなんて、永久に訪れない気がしていた。

なのに、なぜ日和はそんなことを聞くのだろう。その質問には、どういう意味があるんだろう。それがずっと、俺の中で疑問だった。

けれど……そうか。確かに、それは不要になるだろう。

世界が終わるんだとしたら。ヒトが滅んでしまうんだとしたら——。

確かにその瞬間、日和はごく普通の、一人の女の子になる。

「……最初から、そのつもりだったのか？」

どうしても気がかりで、俺は尋ねる。

「俺に、最初にその話したときから……付き合ってすぐくらいのときから、こうなる前提で考えてたの？」

「……うん、そう」

なぜか申し訳なさそうに、日和はこくりとうなずく。

「ごめん、内緒にしてて……。でも、あの時期はまだなんとかしようとしてて……。すごく頑張れば、こうなるのを回避できるかもって思ってて……。だから、うん。言えなかった。深春くんを、無駄に怖がらせたくなくて」

「……そっか」

肺の奥から、深く息が漏れた。

日和は、あの時期からそんな恐怖に苛《さいな》まれながら生きていたのか。

そんなものを背負いながら、毎日必死で戦っていた——。

そのことには、素直に胸の痛みを覚えた。

世界が終わることには実感がない。それなのに、目の前の彼女の苦しみは共感できる。

これはきっと、俺という人間の器の限界なんだろう。

「……それでね」

日和が話を続ける。

「わたしに……着いてきてほしいの」

「……どこに?」

「場所を、用意したんだ」

そう言うと、日和はわずかに口元を緩める。

「深春くんとわたしが、最後を過ごす場所……」

「過ごす、って……」

「一瞬で、すべてが終わっちゃうわけじゃないからねえ……」

やれやれ、とでも言いそうな顔で、日和は北の空を見上げる。

こうしている間にも、黒い雲は確実にこちらを浸食しつつあって……気のせいだろうか、空気の匂いも変わってきたような気がする。

かすかに焦げ臭いような……硫黄のような、薬品じみた匂い……。

「多分、ヒトがすべていなくなるまで数ヶ月……。その間、一緒にいてほしいの。今から、そのための場所に向かいたいんだ……」

「……え、今から？　このまま、すぐに？」

「そう。もうすぐ、あの雲もここに届いちゃうから……だから……」

前置きして――日和は決心したようにこちらを向く。

そして、その目にこぼれそうなほど涙を浮かべ、震える唇で俺に願う――。

「お願いです……最後にわたしといて。終わりのそのときまで、二人でいさせて……」


――ようやく、彼女が求めていることが理解できた。

日和は――滅びまでの短い時間、一緒にいたいと願っている。

これまで、世界中を飛び回ってきた彼女が――せめて最後のときを。恋をする一人の女の子として生きていたいと願っている。

――本心だ。

これが彼女の本心だと、俺ははっきりと実感している。

……すべてが、繋《つな》がった感覚があった。

日和の願っていたこと。これまでの行動。

そう――これが『お願い』だ。

何度も人の気持ちを歪《ゆが》めてきた、一つの暴力として振るわれてきた『お願い』ではなくて。

日和個人の、心からの願い――。

――どうしようもなく、胸が締め付けられた。

こんな風になるまで、日和が自分の気持ちを押し殺してきたこと。

こんな風になってしか、本心を口にすることができなかったこと。

叶《かな》えたい、と思った。日和のせめてもの懇願に、応えてあげたい。

本能のように、強い衝動のように自然とそう思う。

日和には――自分を殺して戦ってきたこの子には、そんな最後を欲《ほっ》する権利がある。

ただ――、

「……」

同時に――俺は酷《ひど》くためらいを覚えた。

今から、向かう。

つまりそれは……もう体育館にも戻らないということで。

家族にも、卜部にも凛太にも会えないということで――。

――最後に、別れの挨拶もできないことになる。

「……い、一度だけ、体育館に戻っちゃダメなのか⁉」

だから俺は、縋《すが》るように尋ねた。

「せめて、親に顔見せるだけでもいいから、時間もらえないのか⁉」

「……ごめん、むずかしそう」

言って、もう一度日和は雲を見上げる。

「多分、時間的にそろそろ限界……。わたしもね……両親には、最後のさよならをしてきたよ。だからねえ、深春くん」

日和が──正面から俺を見る。

そして──、

「わたしと──」

「──何してるの？」


──声が響いた。

探るような、それでもどこか凜《りん》とした印象の声。

振り返ると──、

「深春と……日和、何の話してるの？」

──卜部がいる。

流れるような黒髪と、若手女優めいて整った顔。

意思の強そうな目に、きゅっと閉じた薄い唇。

俺たちと少し距離を空け、彼女は怪訝《けげん》そうにこちらを見ていた。

髪は乱れ、息は切れている。

もしかしたら……俺を探して、辺りを駆け回ってくれたのかもしれない。

「ヤバいよ、かなり雲近づいてきた。早く戻ろう」

切羽詰まった声だった。

彼女は日和の方にも目を向け、

「日和も、あれだったらわたしたちのいる避難所に来なよ！　今から向島《むかいしま》戻れないでしょ」

確かに、卜部の言う通りだ。避難するなら、俺たちのいる体育館に行くしかない。

けれど、日和は小さく首を振り、

「ううん、行かない……」

「なんで？　ていうか、何話してたの？」

「……これからの、相談」

「どういう？」

その問いに、日和はしばし迷うような間を空ける。

けれど——もう隠す意味もないと思ったのか、あけすけに卜部に言い放つ。

「……もう、世界が終わるから。わたしの隣に、いてほしいってお願いしてる」

「……は？」

案の定。卜部が、ぽかんと口を開けそう尋ね返す。

「……終わる？　この世界が？」

「うん」

「本当に？」

「本当だよ」

「……そう」

それだけ言うと、黙り込む卜部。

驚いただろうか。あるいは、不審に思っただろうか。

もちろんこいつは、日和の『お願い』の力を知らないわけで。【天命評議会】のことだって知らないわけで、疑って当然かもしれない。クラスメイトが言い出した、戯言《たわごと》だと思っているのかもしれない。

けれど、気になってその顔を覗《のぞ》き込《こ》むと――、

「……卜部、どうしたんだよ」

意外にも。卜部は、真剣に何かを考える顔になっている。

日和の言葉を真正面から受け止め、咀嚼《そしゃく》し、何かを考えている表情――。

そして彼女は、もう一度顔を上げると、

「……なんでだろ」

不思議そうな顔で。卜部はぽつりと、こぼすようにそう言う。

「わたしは……終わらないと思う」

「……は？」

「日和が、どうしてそう思ったのかはわからないよ。もしかしたら、色々知った上で言ってるのかもしれない。でもわたしは――」

卜部が――日和を見る。

まっすぐその目を彼女に向け、はっきりとした声でこう続けた。

「――世界は、そんなにきれいに終わらない気がする」

凛《りん》とした響き。

その響きに似合う、卜部のすっと伸びた背筋。

異変の起きたこの街で、不釣り合いに美しいその有様《ありさま》――。

――日和は、怪訝《けげん》な顔をしていた。

卜部の反論に戸惑うような、意図を測りかねているような表情。

俺も同じ気分だった。卜部がそんなことを言うなんて。てっきり、まともに取り合わないか、判断できずに保留するかと思っていた。

なのに——反対。

明白に、卜部は日和と真逆の意見を口にしていた。

しかも、強い意思を感じる口調。彼女の確信が、滲《にじ》み出《で》ている声色。

「……あのね、卜部さん」

困惑気味のまま、日和は彼女に話しかける、

「わたしね、事情があって色々情報を知ることができて……専門家とも、結構話ができる立場にいたの」

「へえ、そうだったんだ。知らなかった」

こともなげにうなずく卜部。

「その結果ね、もう世界は終わるのは確実だって、そう判断したの」

「そっか」

疑いの色もなく、卜部はまたうなずく。

「だから、本当に終わるんだよ。ヒトは絶滅するの。生き延びる生き物もいるだろうけど、中型以上の哺乳類は多分全部滅びちゃう」

「なるほどね」

もう一度、考える表情になる卜部。

けれど、さほど間も置かないで――卜部はほほえむ。

「……やっぱり、そうだとしても」

こんな状況で。黒い雲が迫る空の下で、彼女は笑う。

「わたしは、意地でも生き延びるよ。わたしだけじゃない、周りの人みんなで絶対に生き残ってやる」

……どうして、そんな風に思えるのだろう。

なぜ、当たり前のように日和の言葉を受け入れられるのだろう。

わからなかった。俺には、卜部のその態度の理由がわからない。

けれど――同時に、しっくりきてしまっていた。

世界が終わるという日和の言葉よりも、専門家が出したであろう彼女の予測よりも――卜部の言葉。「世界はきれいに終わらない」。その言葉に、説得力を覚えてしまっていた――。

なぜだろう。なぜ俺は、そんな風に……。

「……そう」

返す言葉もなくなったのか。それだけ言って、日和は卜部から視線を外す。

対話不能だと思ったのかもしれない。その頑《かたく》なさに、諦めてしまったのかもしれない。

けれど――その表情には動揺が見えて、俺はそれを意外に思う。

そして、日和がこちらを向く。

もう一度、俺に尋ねる。

「……深春くんは、どうする？」

言って、首をかしげる日和。

「卜部さんは、こう言ってる。わたしは、わたしと一緒に来てほしいって願ってる」

そうだ、日和の言う通りだ。

目の前の二人の意見は、完全に割れてしまった。

前提から何から真逆になってしまった。

「深春くんは——どっちを選ぶの？　ここに残るの、わたしといてくれるの？」

「……それは」

……答えは、簡単には選べなかった。

もう、何が正しいのかわからない。

これから何が起きるのか。何を選択することで何がどう変わるのか。今の俺には、全くわからない。

けれど——、

「……行ってきたらいいんじゃない？」

存外、軽い口調だった、

「日和が一緒に来てほしいって言うなら。一緒にいたいって言うなら、試しに行ってくればっ？」

見れば——卜部は放課後の予定の話でもするような。

友達を遊びに送り出すような顔で、俺を見ている。

「……いいの？」

日和が、目を丸くして卜部に尋ねる。

「本当に、深春くん連れて行っちゃって、これで最後になるんだよ」

「んー。別に心中しようってわけじゃないんでしょ？　一緒にいたいだけで」

言いながら、卜部はあははと笑った。

「なら、いいんじゃない？　本人が嫌じゃなければ。待ってるよ、わたしたちは」

「……」

無言でじっと、卜部を見る日和。

『世界が終わる』という話を信じていないことに苛立《いらだ》ちを覚えているようにも、卜部の余裕に戸惑っているようにも見えた。

ただ、いつまでも迷うわけにはいかないんだろう。日和はふうと息を吐き出し、俺の方に向き直る。

「……どうかな、深春くん」

その声は、さっきよりもどこか自信なさげに聞こえる気がした。

「ごめん、わたしもちょっと混乱してる……。けど、うん。気持ちは変わらないよ。わたしは、深春くんに一緒にいてもらいたい。来て……もらえるかな」

もう一度、自分の気持ちを探ってみる。

存外――答えはすぐに出た。

「……ああ、行くよ」

俺は、日和にうなずいてみせる。

「日和と一緒に、いることにするよ」

「……本当に？」

「ああ、本当だ」

――ためらいは、ほとんどなかった。

きっとそれは――卜部のおかげだ。

まだ、世界がどうなるのかはわからない。日和の言うことは正しいのだろうけれど、卜部の直感にも、俺は信頼を置いている。

それでも……二人がかけてくれた言葉。それに応える方法が、こうすることだと思った。

そして俺自身――今、日和のそばにいたい。

なら、もう迷う必要はないと思う。

「……ありがとう」

震える声で、日和は言う。

「ほんとに……ありがとう……。うれしい……」

――その目から、ボロボロと涙がこぼれる。

きっと――ずっと我慢していたんだろう。そんな風に感じるほど、堰《せき》を切ったようにこぼれ落ちる涙。

不安だったのかもしれない。

俺が自分を選ぶのか。自信を持てないでいたのかも……。

「じゃあまあ、気を付けて」

卜部が、俺たちに笑ってみせる。

「わたし、この街で待ってるから。戻って来れそうなら、いつでも来て」

――彼女の強さを、はっきりと感じる声だった。

無理をしているわけじゃない。覚悟を決めたわけでもない。ただ、今の卜部は自然にこう言ってくれている。ごく当然のこととして、俺と日和に話している。

それが――心強かった。

何が起きるかわからない今、卜部の言葉だけが唯一確かなものに思えた。

「……おう、わかった」

俺は彼女に、深くうなずき返す。

「父さん母さんと、凜太にもよろしく……」

日和も、似たような気分だったのかもしれない。

「卜部さんも、元気でね……」

そう言う声は、酷《ひど》く揺れながらも安堵《あんど》が滲《にじ》んでいる気がした。

「あと……ありがとう。深春くんの、背中を押してくれて」

「あはは、いいんだって」

そんなことを言い合って、三人でうなずく。

そして、暗い雲の間近に迫るその下で——手を振り合いそれぞれの道へ歩きだした。

卜部は避難所の体育館へ。

俺と日和は——彼女が用意したという施設へ。


「じゃあな！」

「またねー！」

「バイバイ」


——本当に、これで終わりになるんだろうか。

日和の隣。歩きながら、俺は考える。

人類は滅びて、もう二度と卜部とも凜太とも両親とも、会えないんだろうか。

相変わらず、わからなかった。

いまいち実感も湧いていなかった。

それでも——一度振り返ると。

まっすぐ体育館へ向かう卜部の背中が、薄暗い街でぼんやりと輝いて見える気がした。

第2話 ホーム・ステイ・ホーム

「——こういう施設が、県内にはいくつかあるの」

地下深く。さらに奥へ潜っていく階段を降りながら、日和《ひより》は俺にそう説明してくれる。

「第二次世界大戦の頃に作られた、旧日本軍の地下施設……。この辺り、表向きにも海軍の拠点があったからね……」

「へえ、そうなのか……」

辺りを見回しながら、俺はほうと息をついた。

コンクリートが剝《む》き出《だ》しの、殺風景な階段室。

湿度は高くて手すりも錆《さ》びきっていて、空気は酷《ひど》くかび臭い。

日和が言う通り、大昔に作られてずっと放置されてきたのだろう。

今にも崩れそうに古びた階段が、四角螺旋《しかくらせん》を描きながら俺たちの足下、ずっと下の方へ続いている——。

ただ——意外なことに。天井につるされている蛍光灯には光が点《とも》っていて、どこかから非常用の電力が供給されているようだった。施設自体は、今も生きているらしい。

「そういう施設のうちのいくつかを、評議会で所有して拠点にしてたんだけど……後半は、隠れる必要もなくなったから。ほら、『お願い』を相手に直接じゃなくて、範囲を対象に発動できるようになったでしょう？　そのおかげで、人と揉《も》めることはほとんどなくなったから……空いたところを、改造させてもらったんだ」

「なるほど、そういうことだったんだな……」

——日和が俺を連れてきたのは、尾道駅《おのみちえき》から徒歩で一時間ほど。

思ったよりも普段の生活圏に近い、山の中だった。

しばらく斜面を登った先に、突然ぽつんと現れたコンクリートの壁。そこに取り付けられた、分厚い金属の扉。日和が鍵を開けるとその先には階段があり、俺たちはそれを今、二人で延々と下り続けている。

——もう、例の轟音《ごうおん》は聞こえなくなっていた。

朝から時折響き続けていた、爆発音。

入り口の扉を閉めるとその振動は完全に遮断されて、聞こえるのは俺と日和の乾いた足音。

それから、時折蛍光灯が立てるジジジという音だけだった。

「……あ、もしかして引いた？」

と、ふいに日和が、不安そうにこちらを覗《のぞ》き込《こ》む。

「二人でいるためにそこまでして……重い女だと思った？」

「あいや！　そんなことは……」

と、慌てて否定しかけたけれど、俺はちょっと考え直して、

「……いやごめん、実際重いことは重いな」

「えー！」

「いや、ビビるって！　元カノが俺と一緒に過ごすために、軍事施設改造してた、とか」

「……そっか、まあそうだよね。普通そうか……」

「うん。でもまあ……なんだろうな」

言って、俺は照れくささに頭を掻《か》いてから、

「なんというか……今は、そういうの含めて受け入れたいと思ってる。日和がしてきたことと か、選んだこととか……そういうの、普通に受け入れて日和と接していきたいなって……」

こういうのに驚く気持ち、ちょっと引いてしまう気持ち。

それでも、日和を大切だと思う気持ち、そばにいたいと思う気持ち。

俺は今、どちらも否定したくないと思っていた。

日和がしたことはしたことだし、目を逸《そ》らすべきじゃない。だから、驚いたり怖い思いをしたり、引いたりうろたえたりしながら、それでも彼女のそばにいたいと、俺は思っている。

「……そう、ありがとう」

照れくさそうに、日和が笑う。

「うん……確かにそうしてもらえるのが、一番良《い》いかもね。ありがとう！」

——懐《なつ》かしい表情だった。

付き合いはじめる前後、俺が恋をした、日和の表情そのものだった。

階段を降りながら、これからのことや世界のことを考える。

――世界が終わる。

人間が絶滅する――。

今後そうなる可能性が高いのは、日和の言う通り事実なんだろう。

少し前からその予兆があって、その規模も分析されていて、実際それらの考察通りに災害が起きた。

なら……否定しようもない。

本当に、この世は遠からず終わってしまうのかもしれない。

どうしようもなく胸が痛んだ。

薄暗い階段室の壁に触れてみる。冷たくてざらざらして、どこか湿った印象の古いコンクリート。なんとなくそれは、俺の家の周りにあった石垣と同じ手触りな気がして……俺は、もしかしたらもう戻れないかもしれない。失われてしまうのかもしれないその景色のことを思う。

それからそう……家族だ。

父さんや母さん、凜太《りんた》。

別れの挨拶もできなかった。

体育館を出るあの瞬間が最後になるかもしれないなんて、思いもしなかった。

こみ上げる苦しさに、ぐっと唇を噛《か》みしめる。せめてもう少し、彼らをこの目に焼き付けておければ……。


俺の様子に気付いたのか、日和も特に話しかけてくることもなかった。

彼女は淡々と、俺の少し前に立ち階段を降りていく。

悲しみに反して、実感がないのも相変わらずだった。

このまますべてが終わるなんて。俺も日和も、すべての人が死に絶えてしまって、ここで人類の歴史が終わるなんて——いまいちしっくりこない。

楽観的なんじゃない。むしろそれは……身も蓋もない現実の予感だ。

世界はこんな風に、ドラマチックに終わってくれないんじゃないか。

俺たちがいるのはもっとどうしようもない、絵にもならない、物語にもならない現実世界なんじゃないか。

そんな皮膚感覚があって、それを卜部《うらべ》の言葉が補強してくれている。


「——世界は、そんなにきれいに終わらない気がする……」


……どうなるのだろう。

これから一体、俺たちはどうなっていくのだろう。

考えは堂々めぐりでどこにもたどり着かなくて、俺はひたすら同じ思考を、ぐるぐるとたどり続けていた。

＊

「……着いたよ、深春《みはる》くん」

無限にも思える階数分階段を降り。

どこまで潜るのだろうと不安を覚えはじめたところで、施設の最下層にたどり着いた。

「おお、やっとか」

見れば、俺たちの向かう先。半階分ほど降りたところで階段が途切れている。

その先には横穴のような通路があって、廊下に続いているらしい。

「……これ、結構深くまで来たよな？」

「うん、やっぱり元軍事施設だからねー」

言い合いながら、俺たちは階段室を出る。

「空襲とか新型爆弾とかから逃げることを考えて、かなり深めに作ったみたい。国内でもここが一番なんだって」

「そんなにか……」

その先の廊下を通り、いくつかの鉄の扉を抜ける。

そして──たどり着いた、最奥《さいおう》らしい部屋の前。

「……ここだよ」

「そっか」

日和にうなずいて、俺はその扉をじっと見つめる。

やはり、物々しい雰囲気だった。軍事施設らしく、厳重な金属製。

ノブ付近には、いくつかの鍵穴があるのが見える。

ポケットから鍵を取り出し、それを一つずつ解除する日和。

そして彼女は──、

「……ようこそ」

そう言って──扉を開いた。

「ここがわたしたちの、暮らすことになる『家』です……」

その向こうに広がった景色に──、

「……マジか」

突然目の前に現れた光景に──俺は思わずそうつぶやく。

「地下に、こんな場所があるのかよ……」

──日和の言う通りだった。

彼女の言う通り、『家』がそこにあった。

天井からつるされている、ごく普通の家庭用電灯。

リビングらしい手前の部屋には、ソファとテーブルセット。

本棚や収納もしつらえられている。

壁面に貼られているのは、どこの家にでもありそうな白い壁紙だ。

地下にある分窓やベランダは見当たらないのだけど、カレンダーや風景写真のポスターが貼られていて、殺風景ではない。

向こうには、キッチンが見えていた。

各種調理器具や調味料が揃《そろ》っているらしい、実用的なキッチン。

いくつか扉も見えるから、寝室やトイレ、浴室なんかもあるのかもしれない。

まさにそれは……家だった。

置かれている調度品が、家具屋で見かけるような普通のものであること。さらに言えば、それぞれにちょっとずつ年季が入って見えるのも、一層その印象を強めている。

今現在も誰かが住んでいそうな。地下にあるとは思えない生活空間が、そこに広がっていた——。

「……評議会のみんなに、協力してもらって作ったんだけどね」

窺《うかが》うような表情で、こちらを見ながら日和が言う。

「けどね、あの……わたし、誰にも『お願い』しなかったの。こんな部屋をいつか作れたらなーって話したら、評議会の有志がちょっとずつ動いてくれて……。不要になった家具とか、人がいなくなって使うあてのなくなった食料とか、そういうのも用意してくれて。……うん。だから。深春くんも、気に入ってくれるとうれしい……」

「……なるほど」

【天命評議会《てんめいひょうぎかい》】。

日和が率いてきた、国際的組織。

本心を言えば――俺は評議会に良《い》い印象を抱いていなかった。

確かに、かつては憧れていた。日和や評議会の力になりたいと思っていた。

けれど、日和の疲弊や数ヶ月の別離期間を経て、俺は彼らに「敵対心」に近い感情を抱きはじめていた。

――なぜ日和に、すべて押しつけるようなことをするのか。

評議会がなければ、日和がこんな目に遭うこともなかったんじゃないか。

けれど――、

「そっか……評議会が……」

目の前にある景色。

それを見れば、あの組織が俺の思うような『冷徹さ』『合理性』だけで動いていたわけではないことをはっきりと実感した。

そこにもきっと、血の通った人間関係があって。気づかいや心配や感謝や思いやりや、そういう感情だってやりとりされていたんだ……。

「……そう言えば、今はどうしてるんだ？」

部屋に入りながら、俺はふと気になって尋ねる。

「評議会は、日和がいなくなって大丈夫なのか？　牧尾《まきお》さんとか……みんな、どうしてるんだよ？」

「……ああ、それなんだけどね」

寂しそうに笑うと、日和は小さくつぶやくようにこう言った。

「もう解散したんだ」

「……マジで？」

「うん」

「後継組織を、作るとかもなく……？」

「……うん。世界が終わるからねえ……」

ソファに腰掛け、日和はふうと息を吐き出した。

そして、いつものような困った笑みで、

「さすがにもう、わたしたちにできることもないからさ……」

＊

それから、日和による『家』の説明がはじまった。

「――水と食料は、数ヶ月分。ガスも同じくらいだね」

「――電気もちょびっとは使えるよ、日常生活を送るくらいは」

「――着替えも一応、用意してもらったけど……あんまりお洒落《しゃれ》じゃないね。わあ、これとかお母さんが着てそう……」

「――本はね、読み切れないくらいあるよ！　ほら！　閉鎖された図書館からもらってきてくれたみたい！」

「――全体には、そういう感じです！」

一通りの説明を終えて。

俺と日和はリビングに戻ると、並んでソファに腰掛けた。

「どう……かな？　ちゃんと暮らせそう？　これが足りない、みたいなのはないかな……？」

「いや……むしろびっくりしてるよ、準備万端で」

本当に驚いた。それこそ、世界が混乱する前のような、かつて「当たり前」だった生活ができてしまいそうな、十分すぎる住環境……。

内心、もっとギリギリの生活になることも覚悟していたんだ。

日和と言えども、世界がこの状況でどんな準備ができるかはわからない。

孤島の小屋やコンクリ剝《む》き出《だ》しの廃屋、最悪洞穴暮らし、なんてパターンさえありえると思っていた。

それがまさか、こんなに豊かに暮らせるなんて……。

「……なんか、申し訳ないな」

ふいに、心苦しくなってそうつぶやいてしまう。

「みんな、もしかしたら苦しい暮らししてるかもしれないのに、俺だけこんな……」

日和の言う通りになるにしろ、そうならないにしろ。きっとこの「家」の外には、混乱が待ち受けているんだろう。災害が起きていることは事実だし、穏やかな生活なんてできるはずがない。

そんな中……この俺が。こんな恵まれた環境を与えてもらってしまって、本当にいいんだろうか……。

「……そうだねえ」

寂しげに、視線を落とす日和。

けれど、そんな彼女を見ていて、

「……あ！」

——ふと気付いた。

「い、いや……日和は良《い》いと思うんだけどな！　ずっと世界のために頑張ってたし、大変な思いだってしただろうし……。だから、日和がここに住むのは、なんだろ、当然の権利だと思う！」

そうだ。ここは俺の家っていうだけでなく、日和の家でもあるんだ。

あんなに傷つき、それでも戦ってきた日和が、この待遇を受けるのは当然だと思う。

「というか、むしろ足りないくらいというか！　本当はもっと、幸せになってもいいはずっていうか……」

「……あはは、ありがと。深春くん」

言って——日和は俺の肩に、頭をもたせかけた。

「そう言ってくれるとうれしいよ。本当に、ずっと忙しい毎日だったから……駆け回って、考え続けて、決断し続けて……息をつく暇もなかったから。こんな風に、普通に暮らせるだけで、すごくうれしい……」

「……そっか、そうだよな」

うっとりとした声で、日和はそう言う。

「好きな人と一緒に、ただ普通に暮らすのが……。……えへへ、なんか」

——と、日和はふいに顔をこちらに向け、

「こうしてると……新婚の夫婦みたいだね」

「……お、そ、そうだな！」

「そう考えると、ドキドキしちゃうかも……」

「俺もだよ……こ、こんなことになるなんて、思ってなかったし……」

「……ん、でも、卜部さんとは一緒に暮らしてたんでしょ？」

ふいに、日和はその唇を不機嫌そうにとがらせた。

「だから深春くん、女の子と暮らすの慣れてるんじゃないの……？」

「いやいやいや、あれはそういうのじゃないから……。向こうの家庭の事情もあったし、弟の凜太も一緒だったし……。普通に、ただ家族が増えたって感じだったよ」

「ふうん、そっか。ならいいんだけどね……」

そう言って——日和は顔を突き出し、お互いの唇を短く触れさせる。

そして、幸せそうに「へへへ」と笑い、俺にこう言ったのだった——。

「改めて……よろしくね。深春くん」

＊

「——す、すごい……！」


初日の夜。

夕飯にしようと、備蓄されていた食料を用意し食卓に広げると、

「なんか……普通のおうちのご飯みたい！」

そんな何でもないことに、日和は目を輝かせていた。

「ええ、そんな喜ぶのかよ……」

「でも、びっくりだよ！　まさか、こんな丁寧に用意してもらえるなんて……」

……とはいえ、そんな大層なことはしていないのだ。

備蓄の食料は、フリーズドライや缶詰など、調理済みのものがほとんどだ。

キッチンはあるけれど、料理をして味を工夫して、なんて余地はあまりありそうにない。

ならば、とせめて見た目だけでも良くするため、棚にあった食器類に食料をきれいに盛り付

けてみたのだ。

この辺は、普段から母親がこだわっているのが参考になった。

「まあでも、そう言ってもらえたならよかったわ」

「うんうん。感動です！　洗い物はわたしがするからね」

「おけ、頼むわ」

うなずき合って、食卓に腰掛けた。

そして、揃《そろ》って両手を合わせ、

「じゃあ、いただきます……」

「いただきまーす」

「……おいしい！」

さっそくアルファ米の五目ご飯を頬張り、日和は破顔している。

「やっぱり、お茶碗《ちゃわん》で食べると違うね！」

「そうそう、食器で味って全然変わる気がするよな。気分の問題かもしれないけど」

「最初に深春くんに用意お願いしてよかったあ……。わたし、自分が任されてたらパックのままテーブルに出してたよ……」

「あはは。まあ、それはそれで悪くないけどな。洗い物しなくて済むし」

「でも、久しぶりのこういうの、ほんとうれしい……」

うなずいて、日和は食卓の上を見回すと、

「わたしが当番のときも、盛り付け頑張ろう……！」

決意するように、深くうなずいたのだった。

＊

「——へえ、昔の本も、結構面白いんだな」

食後の空いた時間。

俺は本棚の本を眺めながら、適当に気になったものをパラパラとめくっていた。

「漫画と最近の小説ばっかり読んでたけど、明治とかのも、ものによっては読みやすいというか……」

日和の言う通り、図書館からもらってきたのだろう。

並んでいる本はどれも古いものばかりで、カバーがかけられ図書館のシールが貼られていた。

なんとなく俺は、小学校の生徒たちに算数を教えるため、足繁《あししげ》く図書館に通っていた頃のことを思い出す。

ただ、

「……日和は、読まないの？」

なぜかソファに腰掛けたまま、警戒の表情でこちらを見ている日和。

肉食獣を見つけた小動物みたいな顔で、じっと本棚をにらんでいる……。

「……なんでそんな顔なんだよ。別に普通の本だろ、ここに置いてあるの……」

「……わたしもちょっと前に、試しにどんな本があるのか読んでみたんだけどね」

険しい顔のままで、日和は説明をはじめる。

「たまたま読んだ本が……本当に酷《ひど》くて。古い純文学なんだけど、男の人がひたすら女の人に酷《ひど》い扱いをする小説で……しかも、最後まで全然反省しないの！　もうこれは……敵だと思って！　こんな本も、これを書いた人も敵だと思って……」

「……あー。確かに、昔の小説ってたまに女の人の扱いが酷《ひど》いのがある気がするな」

まあ、そこまで詳しくないからイメージでしかないけど。

不倫とか浮気《うわき》とか女性蔑視とか、そういうのが当たり前っぽく書かれている小説ってある気がする。時代背景もあるんだろう。

「だから、わたしはその棚の本は絶対読みません！　好きじゃない！」

「そ、そっか……」

「……あ！　でも！」

と、日和はふと気付いた顔になり。

珍しく何かを否定してしまったのを埋め合わせるように、慌ててこう付け加えた。

「べ、別に深春くんが読む分には構わないからね！　ああいう小説に共感しちゃうようだと、本当に困るけど……感化されないでほしいし、ちょっと不安だけど……。でも、読みたい気持ちを止めるわけにはいかないから！　うん、だから好きに読んでください！」

「え、読みづら……！」

そこまで言われたら、もう素直に楽しめないよ！

苦笑しつつも本を棚に戻し、何か他の娯楽を見つけないとな……と頭を掻《か》いたのだった。

＊

「……じゃ、じゃあ、寝ようか」

「おう、そ、そうだな……」

そして——就寝前。

順番に風呂《ふろ》に入り寝間着に着替え。ベッドの上に腰掛けると、俺たちはぎくしゃくとそう言い合った。

……部屋を見て回ったときに、もちろん気付いていたんだ。

寝室にベッドが一つしかないこと。それがいわゆる……ダブルベッドと言われるものであることには。

……評議会の人、何を思ってこれを選んだんだよ……。

多分、日和がここで俺と一緒に暮らすのは、知っててダブルベッドにしたんだよな。

何なんだ……牧尾兄妹《きょうだい》みたいな人が、他にも評議会にいるのか……？

むしろ、牧尾さん本人がこれをチョイスしたんだろうか……。

……照明を消して、横になる。

お互い無言ではあるけれど、隣からは日和の体温が感じられる気がして。いつもより、呼吸の音が大きく聞こえる気がして——心臓が、徐々に鼓動を加速させていく。

……実は、こうなることをずっと意識していた。

日和との、二人暮らし。

形式的には別れているとは言え、お互い好意を持っている男女が一緒に暮らすんだ。

そうなれば……何も起きないはずはない。

俺だって人並みにそういう欲求はあるし、ここにはそれを咎《とが》める人もいない。

なら……きっと、何かしら進展があるはず。

俺自身、正直に言えば……そういうことを、したいと思っている。

隣の日和は、薄手の寝間着しか着ていない、その事実にも、もう一度心臓が大きく跳ねた。

……ただ。

「……」

それをどう言い出せばいいのかわからない。

経験がなさすぎて、気持ちをどう相手に伝えればいいのか……どう言えば、スマートに誘えるのかがわからない。

そんな風に迷っている間に、

「……その……」

先に、日和が小さく声を上げた。

かすれるような、震えるようなかすかな声。

そして彼女は、

「このまま……寝ちゃう？」

俺に、そう尋ねた。

「あの……しないの……？」

――言われてしまった。

先に、日和に気を遣わせてしまった。

内心、酷《ひど》く凹《へこ》んでしまう。何をしてるんだ俺は……。

ここは、絶対に俺がリードしたかったのに。自分から言い出したかったのに。

……それに、日和がそういうことを言うのにもちょっと驚いていた。

なんとなく、日和にそういう欲求があるなんて想像もしていなかった。素朴な彼女と性的なことなんて、どこか別世界のことみたいに感じていた。

けど……うん、そうだよな。そんなはずはないんだ。日和だってきっと、当たり前に願望とか欲望がある。そしてその気持ちを今——彼女は俺に向けている。

……なら、と俺は思う。

「……したいんだけど」

覚悟を決めて、俺は彼女にそう言った。

「……いいの？」

ここからは、俺が日和をリードしたい。

彼女ができるだけ恥ずかしい思いをしないよう、こっちがしっかり彼女の手を取りたい。

「……うん」

「怖くない？」

「怖いけど……大丈夫。だと思う」

そして、日和は俺の寝間着をぎゅっと握り、

「……初めてだし、優しくしてくれるなら」

「……わかった」

うなずいて……覚悟が決まった。

お互いに、こういうことをするのは初めてだ。

上手《うま》くいかないし失敗するかもしれないけれど、それでも精一杯、日和を大切にしようと思う。出来る限り、慈《いつく》しみたいと思う。

日和を――こちらに抱き寄せる。

真っ暗な中、日和の表情は全く見えない。けれど――触れた手の平の先。

寝間着越しの肌が普段より熱を持って、汗が滲《にじ》んでいるような気がした。

心臓が破裂しそうなのを必死で隠しながら、一度短く唇を重ねようとする。

暗さのせいで鼻の辺りにぶつかってしまって、日和が小さく笑う。

それでも、なんとかキスしてから大きく息を吸い込み――俺は日和のパジャマの。シャツのボタンを手探りで外しはじめる。

身を固くしている日和。

俺も人の服を脱がすなんて初めてで、そのうえ周囲は真っ暗で、酷《ひど》く手間取ってしまう。

それから、時折手に当たる日和の胸の柔らかさ――。

――前から気付いていたけれど、日和は胸が大きい。

むしろ、素朴な印象とは不釣り合いなほどに、その身体《からだ》は女性的で。

指先が触れる度感じる柔らかさに、喉の奥がからからになっていくのをはっきりと感じた。

もたもたと時間をかけて――ボタンを外し終えた。

意を決して、彼女の胸に手を伸ばすと……その、柔らかい肌に指が触れた。

それがまず、ちょっと意外で、

「……下着とか、着てないの？」

「わたし……寝るときは、付けない派で……」

「そうなんだ……」

普通、どうするものなのかよくわからかった。なんとなく、卜部は俺の家ではずっとつけていたような気がするけど……全員がそういうわけでもないんだろうか。

戸惑いながら、指先に力を入れる。

初めての柔らかさに、めまいさえ覚えそうになる。

漫画や小説での描写を見て、どんな感触なのだろうと繰り返し想像してきたけれど。実際にこうして触れる日和の胸は、はっきりと「人体の一部」という感じがあって。皮膚とその奥にある脂肪の層、その存在が感じられて……。

そんな箇所を触れることを許されているのが、なんだか夢でも見ているような気分になってしまう。

指に力を入れる度、日和が小さく反応する。

短く息を吐いたり、身体《からだ》を震わせたり、かすかに声を上げたり。

その度に、自分の中で欲求が熱になってこみ上げて——そろそろ、我慢が限界に達しはじめる。

「……脱がして、いい？」

彼女の寝間着のズボンに手をかけ、そう尋ねた。

日和は声を出さないまま、小さくうなずく。

大きく息を吸い込んで──俺はそれをゆっくりと下ろした。

下着が彼女の足に絡《から》んで、手探りで外して脇に置く。

──一糸まとわぬ日和。

暗闇の向こうにそんな彼女がいることに、心臓が破裂しそうになった。

次に、順番に俺も服を脱いでいく──。

日和に比べて、その動きのなんとみっともないことか。

上着を脱ぐのもズボンを脱ぐのも、なんだか生活感があって情けなくて、少しだけ俺は冷静さを取り戻す。

「……そうだ」

そこで──俺は、ふと気付いた。

「準備がないんだけど。その……避妊具というか」

そう、そういうものを、用意していなかった。

避難からの流れでここにはやってきたし、こういう展開になるとも思っていなかった。

「あ、ああ……」

日和もそこで、ようやくそれに気付いた声を上げる。

「……この部屋に、あったりするかな？」

「多分……ないと、思うんだけど……」

考えをめぐらせるように、日和は短く黙ってから、

「……した方が、いいかな？」

――その言葉に、思わず考え込んでしまう。

確かに、世界が終わるのなら。

もうすぐ皆死んでしまうのなら、避妊することに実際の意味はないのかもしれない。

それは基本的に、「未来」を前提とした考え方だ。未来がないなら、そんなことを気にかける必要もない。

盛り上がった気持ちに、ここで水を差すのにも抵抗があった。

身体《からだ》を突き上げる欲求はもはや耐えがたいほどで。何も気にせず、彼女にそれをぶつけたかった。日和も、同じように思っていることがはっきりとわかっていた。

けれど……、

「……それは……そうだな」

なぜだろう……そこで俺は、強い抵抗を覚えた。

日和を相手に、そういうことをしたくないと思った。

……もしかしたら、下らないこだわりなのかもしれない。

過去の慣習に引きずられているだけなのかもしれない。

それでも……このまましてしまうことは。どこかで日和を蔑《ないがし》ろにすることに、繋《つな》がるような気がしていた。

——もちろん、したい気持ちは抑えがたい。内心は、したくてしかたがない。

実際、ここまでの状況になって、最後までできないのは拷問に近い。

けれど、

「……ないなら、一旦辞めておくか」

できるだけ、優しい声を心がけ、俺は日和にそう言う。

「……えっ」

「ほら、感染症とかもあるかもしれないし、ここじゃ治療もできないし……」

「……それは、そうだね」

「だから、慎重に考えよう。時間はまだあるんだしさ……」

——これは、全力の強がりだった。

それでも……今は耐えたいと思った。

これから続く生活のためにも、俺は日和を大切にしたい——。

「……そっか」

残念そうに、日和はそう言う。

「わたしは、いいんだけどな……」

「……だよな、ごめん。でも……うん。焦《あせ》って、日和を傷つけたくなくて」

「……わかった」

暗闇の中、彼女の表情は見えないのだけど。

それでも、その顔色から日和がかすかにほほえんでいるのが感じられる気がした。

「じゃあ今日は……途中までで、我慢しようか」


——そしてその夜は。

お互いの身体《からだ》を慈《いつく》しみ合《あ》ううちに、いつの間にか眠ってしまった。

心残りがないと言えば嘘《うそ》になるけれど、欲求不満は否定しようがないけれど。

それはそれで、とても幸福な一晩だった——。

＊

——そうして、俺と日和の生活は回っていく。

終わっていくかもしれない世界の中で。

周囲から隔絶された不思議な毎日が続いていく――。

＊

「――え、日和、一回もできないのかよ！」

――運動を全くしないのは、さすがに身体《からだ》に良くない。

そんな話になって、ひとまずはじめた筋トレの序盤。

まずはこれから、と腹筋をはじめて――俺は衝撃の事実に気付く。

「……ん。んぐぐぐぐぐ！」

――頭に手をやり、顔を真っ赤にしている日和。

ゼロ回なのだ。

日和の腹筋できる回数が、まさかのゼロ回だったのだ。

「……いやまあ、俺も自慢するほどはできなかったけど」

リビングの絨毯《じゅうたん》の上、転がったままの日和に愕然《がくぜん》としてしまう。

「さすがにゼロはヤバいだろ……」

むしろ、今の日和ならそこそこできそうな気がしていた。

先日の文化祭。屋台の店員を任されたときも、日和は目を見張るような動きを見せていた。

あんな感じで、全体的に色んなスキルがレベルアップしていて、腹筋くらい軽々できるかも、なんて思っていたのだけど……。

「……ぐぐぐ……無理だぁああ！　はあああああ！」

ついには限界に達したのか、諦めて身体《からだ》をぐでんと横たえる日和。

……戯《たわむ》れにはじめた筋トレだけど。

こんな状況で鍛える必要なんてないのかもしれないけれど。

それでも、さすがにこの貧弱さは問題な気がして……、

「――よし、これからは運動を日課にしよう！」

俺はそう、日和に宣言したのだった。

「目標は、毎日腕立て二十回。腹筋は三十回な！」

「ええっ！　絶対無理だよー！」

＊

「――だから、ごめんなさいって言ってるでしょ！」

「反省してるやつがその言い方になるかよ！」

――ささいなことが、火種になってしまった。

日和が風呂場《ふろば》の換気扇をつけ忘れたこと。それをきっかけに浴室にカビが生えてしまったこと。そのことに掃除当番の俺が気付き、日和に注意した。

もちろん、それが初めてであればそこまで怒るつもりもなかったのだ。

けれど、もうこれで三回目だ。今月に入って、カビが生えたのが三回目。

だから俺の言い方もきついものになってしまい、そのことに日和が不満そうな態度を見せ
――あとはもう、あっという間だった。

一気に口調が荒くなって、転がるように言い合いになってしまった。

「だから、わたしが今日は掃除かわるって言ってるでしょ！」

「そういう問題じゃねえんだよ！　何回も同じことするのも無駄だしどんどんカビはしつこくなるんだから――」

「――わかったよ！　じゃあもうずっとわたしが掃除するよ！」

「逆ギレするなよ！」

……いや、確かに俺もしつこく怒りすぎているかもしれない。

日和のようなミスは自分だってしているし、本人もフォローはすると言っている。

そろそろ寝る時間だ。こんなに興奮しては、お互い眠れなくなってしまう。

けれど、完全にボルテージが上がってしまって、今さら拳を下ろすことができなくて。

もはやお互い一歩も引けなくなってしまっていた。

「……はあ、もういいや」

これ以上言い合っても埒《らち》が明かない。

ひとまずクールダウンするため、俺は深く息を吐く。

「ちょっと頭冷やそう……俺今夜、ソファで一人で寝るから」

「……えっ」

「それで明日、もう一回話をしよう。俺もさすがに、言い過ぎた気もするし」

うん。それしかない。

これ以上話したって状況は悪化するだけだ。ここは一旦距離を取って、お互いに冷静になるしかない。

けれど、

「……え、えっと、あの……」

何か言いたげに、日和はもじもじしている。

視線を落とし、口元をもごもごさせてから、

「……夜は、一緒に寝たいっていうか……」

「……ええ？」

「一人だと、寂しいし……そこまで怒ってるなら、ちゃんと謝るから……」

そして、日和は俺の部屋着の袖を摘まむと、

「……ごめん」

泣きだしそうな声で、小さくそうつぶやいた。

「だから今日も、寝るのは一緒がいい……」

――その表情に、不覚にもぐっと来てしまって。

今にも泣きだしそうな表情に、心動かされてしまって――。

「……わ、わかった」

さっきまでの怒りはどこへやら。

妙に素直に、俺はそう答えてしまったのだった――。

「こ、こっちこそさっきはごめん……」

「――なんか、好きな漫画とか小説にも、お互い髪を切る描写があってさ……」

ふと、俺は思い出し。

はさみを手にこちらを見る日和に、そんなことを言う。

「しばらく人里離れてたり、主人公が理髪店の息子だったりで、ヒロインの髪を切る、みたいな展開な」

俺が知るだけで、そういう展開のある作品は数作あった。恋愛ものや青春もの、ちょっとSFっぽい設定の作品まで。一読者として、その展開にはドキドキさせられた。

そして……想像してみたものだった。実際そんなことになったら、どうなるんだろう。照れくさいしうれしいだろうけど、まあ上手《うま》くはいかないだろうな。素人《しろうと》同士で髪を切り合って、成功するはずがないし。こういうのが良《い》い感じになるのは、物語の中だけだろうな。そんな風に、思っていた。

だから、

「まさか……」

言いながら――俺は鏡に映る俺の姿に。

日和のカットしてくれた髪の仕上がりに、驚愕《きょうがく》していた。

「日和、なんでこんな上手《うま》いんだよ……」

——お洒落《しゃれ》なのだ。

日和がざざっとカットしてくれた俺の髪は、普段美容院でお願いしたときとそう大差ないほど上手に切られていたのだ。

「……もしかして日和、美容師志望だったりしたの？」

思わず、そんな風に尋ねてしまう。

「密《ひそ》かに練習してたとか……？」

事前準備なしでここまでできるとは思えない。

だとしたら、実はこれまでも日和はこつこつ練習をしていたんじゃないのか……？

「ああ、ううん、そうじゃなくてね……」

決して使い勝手の良くないであろうオフィス用はさみを手に、日和は自慢げにほほえんでいる。

「ほら、評議会で活動してると、髪切りに行く暇もなくてね。最初のうちは、ルックスで交渉の結果も変わってくるからってスタイリストもつけてたんだけど、後半はそんな余裕もなくて。仕方ないから、お互いに切り合ってたの。そうするうちに、ちょっとずつコツがわかってきて」

「はー、なるほど……」

「評議会の中でも、わたし上手《うま》いって評判だったんだよ！」

「そっか、そういうことか……」

ふんふん、そうやって必要に迫られて上手《うま》くなったんだな……。

にしても、それでこれだけ技術が身につくのは素直にすごいなと思う。

実は日和、美容師の才能があったのかもしれない……。

——この家で暮らしだして、早くもひと月以上が経《た》っていた。

いや、カウントが正確であれば……そろそろふた月、という方が正確だろうか。

それくらい経《た》つと当然髪も伸びてきてしまうし、なんだか見た目も野暮ったくなる。

仕方ないからお互いこうして切りはじめたところだったのだけど、まさかこんなところから日和の意外な一面を知ることになるとは……。

「……で、次は深春くん、わたしのカットお願いね！」

「えー、ハードル高いな……。自分で切る方が良《い》いんじゃないか？」

「後ろとか切れないもん！　ほら、わたしがときどきアドバイスするから、頑張ってみてよ！」

「……よし、わかった」

覚悟を決めると、俺は日和からはさみを受け取る。

そして、彼女に椅子を譲ると深呼吸して、その茶色い髪を慎重に――、

「……あー！　ダメだよ深春くん！　そんなに前髪ガッツリいったら！」

「え⁉　ご、ごめん！　でも、こうすればなんとかバランスが――」

「――あー！　そこ切ったらもう収拾つかない――」

――そんなこんなで。

お洒落《しゃれ》になった俺に対して、日和は悲惨な結果に仕上がってしまい。

以降――二人のヘアカットは、どちらも日和が担当することになったのだった――。

＊

――そんな風にして、毎日が回っていく。

不気味なほど静かに、不安になるほど穏やかに。

朝日を覚ますと俺が朝食を用意し、日和を起こして朝ご飯。

昼までは掃除や洗濯や食料などの備品のチェックをして過ごし、日和が作ってくれた昼ご飯を食べる。

そのあとは本を読んだり、用事があればそれをこなしたりしているうちに夕飯の時間だ。

その日の当番が作った夕飯を食べ、寝る時間までゆっくり過ごしてから、布団《ふとん》に移動しててし

ばし睦《むつ》み合《あ》ってから眠る。

——贅沢《ぜいたく》すぎる毎日。

以前でさえ、こんなに優雅な暮らしをできることはほとんどなかった。

学校に通い勉強に精を出していた頃。あるいは臨時教師として小学生に授業をしていた頃。

あの頃は日々起きることに食らい付くのに必死で、今ほどゆっくり過ごすことなんてできなかった。

だからこそ、外の世界のことを考えない日はなかった。

家族はどうしているだろう、卜部や凜太はどうだろう。学校の友人や小学校の生徒たち。そして世の中はどうなっているんだろう。日和の言う通りに、なってしまったんだろうか。

俺がこんな風に過ごしているまさにその間に、大切な人の命が失われているんじゃないか。

だとしたら——そんなときにそばにいることを選ばなかった俺は、とんでもない薄情者なんじゃないか。

考えがぐるぐるとまとまらなくて、寝付けない日も少なくない。

不安で叫びだしそうになることも、何度もあった。

ただ——やはり同時に思うのだった。

——世界は終わらないんじゃないか。

——人類も、しぶとく生き延びるんじゃないか。

それこそが、俺たちに突きつけられる「現実」なんじゃないか――。

その考えは、日を追うごとに存在感を増していくばかりで。近頃は、ここを出たらどうしよう、まずどこに行って誰と会おう、なんて考えたりもするほどだった。


考え事は、他にもあった。

――日和のことだ。


「……これまでのこと、詳しく教えてくれないか」

そう切り出したのは、夕食後の片付けの終わった時間。

この地下で暮らしはじめて、そろそろ二ヶ月半ほど経《た》つ頃のことだった。

「日和が自分の能力に気付いてから、今までのこと。ちょっとは知ってるつもりだったけど、ちゃんと聞いたことはなかったよな。だから……よければ教えてもらいたいんだ……」

断片的には、理解しているつもりだった。

中学の頃、『お願い』の力を世の中に活《い》かすため、少しずつ活動をはじめた日和。

最初はごく個人的な活動だったそれは、徐々に協力者を集めて規模が大きくなり、扱う問題も社会全体に関わるものになっていった。

評議会における日和の側近。安堂《あんどう》さんによれば――ターニングポイントになったのは、国内で発生した虐待事件。

その一件で衝撃を受けた日和は、一層活動を本格化させることを決意。

国や外国を相手取って立ち回るようにもなり、テロ組織や国家そのものから敵視されること
にもなりながら——今日に至った。

今回の災害についても、その過程の中で自然と認識したんだろう。

彼女曰《いわ》く、各国はすでに『お願い』で懐柔済みらしい。だとしたら、評議会終盤の活動のほ
とんどは、災害の対策に関わるものだったのかもしれない。

——これくらいのことは知っている。

おそらく、大枠として間違いもないだろう。

けれど、

「……あ、も、もちろん無理にとは言わないよ！」

テーブルの向かいで、カップを手に視線を落としている日和。

俺は彼女に慌ててそう付け加える。

「けど……できれば知りたくて。活動の中で、日和が考えてたこととか思ったこととか……そ
れ以前に、どんなものを見てきたのか、とか……」

むしろ、大切なのはそちらなんじゃないかと思うのだ。

日和は変わった。

俺と付き合いはじめた半年前と比べても、大きく変わったと思う。

佇《たたず》まいにいつもどこか緊張感を漂わせるようになった。発言に、何か一線を越えたような凄《すご》みが滲《にじ》むようになった。

もちろん、その前から変わり続けてきたんだろう。日和は自分の力を行使する中で、普通の高校生じゃ絶対に見られないものを見た。知ることのできないことを知った。

なら……それを、俺も知りたいと思ったんだ。

出来る限り、彼女の見てきたものを知りたかった。どうしてこんな風に変わったのか、それを体感的に理解したかった。

——けれど。

「……うーん、ごめん」

苦笑いしながら、日和は言う。

「言えないかな……」

「……どう、して？」

「あ、あのね！　別にこう、後ろめたいことがあるわけじゃないの！」

あからさまに傷ついた声を出してしまった俺に、日和は慌てて首を振ってみせる。

「深春くんに内緒にしなきゃいけないとか、悪いことしてたとかそういうのじゃなくて……ん？　いや、それもなくはないか……。けどね、それ以上に、その……」

言葉を探るように、視線を落とす日和。

そして――彼女はカップを握る手に力を込め、

「……世界って、本当に色んなことが起きてるの」

固い声で、俺にそう言う。

「尾道《おのみち》にいたらわかんないこととか、日本じゃ想像もできないことがすごくたくさんあって……ここしばらくで、世界はそういう悲劇で一杯になっちゃったんだ」

「……そうだろうな」

……日和の言う通りなのだと思う。

俺は何も知らない。狭い街で暮らして、ほとんど外に出たこともなくて。そのうえ――最近は、外部の情報もほとんど入ってこないんだ。日和と俺の間には、圧倒的な「知っていること」の格差がある。

そのうえ――きっと日和が見てきたのは「最悪の現実」ばかりだ。

そういうことがある、というだけで絶望してしまうような、世界の見方が変わるような、そういう地獄に近い現実。

日和はそんなものを、繰り返し目にしてきた――。

でも、だからこそ、

「……できれば、それを、知りたいんだよ」

俺はそれを、日和に共有してもらいたいと願っている。

一緒に暮らす彼女の苦しみを、ほんの少しでも分けてもらいたいと思っている。

それでも――、

「だよね……でもね、ごめん。わたしはやっぱり、教えたくないの」

本当に申し訳なさそうに、それでも日和はそう言う。

「深春くんには、できるだけそういうのを知らずに生きていてほしいの……。きっとそれって、何ものにも代えがたい幸福だと思うから。知らずにいられること自体が、人が歴史の中で勝ち取ってきたもの、そのものだと思うから……」

――切実な表情だった。

彼女が初めて俺に見せる、こちらが苦しくなるような、必死の表情だった。

だから――俺は理解する。

それはきっと、彼女の心からの『願い』だ。

どんなに頼まれても譲ることのできない、彼女自身の強い『願い』――。

「……そっか」

うなずいて、俺は背もたれに体重を預ける。

「うん……わかった。ごめんな、しつこく食い下がって……」

「ううん、こっちこそごめん」

この話は、ここで終わりにしよう。

やはり、気になる気持ちは変わらない。知るべきなのだと思うし、知りたいとも思う。

けれど――今はまだ、そのときではないんだろう。

それに、今夜はもう一つ。

俺は、彼女に話しておきたいことがある――、

「それからー、あのさ」

できるだけ軽い口調で、俺はそう切り出した。

「その、食料の備蓄の件だけど」

日和に、確認をお願いされていたのだ。

あとどれくらい、備蓄の食料が持ちそうか。

つまり――あとどれくらい、俺たちはこの『家』で暮らしていくことができるのか。

「ああ、うん。どうだった？」

「……二週間、ってとこかな。切り詰めれば三週間くらいいけそうだけど」

「そっかそっか。ありがと……」

うなずくと、日和はふっと息を吐き、

「だいたい予定通りだね」

「だなあ。食料管理には、気を遣ってたからなあ……」

初めてここに来た頃、「三ヶ月くらいはここで暮らすことになる」と日和は言っていた。「そ

れを見越して、この部屋の設備を用意させた」と。

だから俺は、比較的生活の決まりを緩く設定する中で、食べ物の消費ペースだけには気を遣っていた。日によって使える食材を細かく設定し、スケジュールを管理して備蓄を使っていくようにしていた。

「それが尽きたら……ここともさよならだね」

そう言って、日和は切なげに笑う。

「さよならって……どうするんだ？」

俺はもう一つ、ずっと気になっていたことを日和に尋ねた。

「このあとは、どうするつもりなんだよ」

そう、この先のことだ。

ここでの暮らしが終わったら、俺たちはどうするのか。

どこかへ移動するのか、あるいは最後のそのときまで、ここにいるつもりなのか——。

「あのね……この三ヶ月で、世界は完全に終わるって計算だったの」

日和は、そんな風に話をはじめる。

「災害で、人がいなくなるまでの時間が、三ヶ月。そのことは……なんとなく気付いてたよね？」

「ああうん、そうかなって……」

日和の設定した期間。それがつまり「世界が終わりきるまでの時間」であることは、なんとなく予想がついていた。

つまり——日和の計算では。

おそらくすでに、俺たち以外の人間はほとんど生き残っていない。

「だから……最後にそんな景色を、眺められればなって」

そう言う日和の口元は、笑みをたたえたままだった。

「深春くんと、最後にそれ見られれば、十分幸せだったって、思える気がするの……」

「そっか……」

確かにそれは、悪くない結末なのかもしれない。

世界の終わりに、好きな人の隣にいられるなら、それは一つの幸福なのかもしれない。

だから俺は、頭の中で思い描いてみようとする。

荒れ果てた地球で、日和と二人、手を繋《つな》いで立ち尽くす自分……。

終末の景色の中に、二人でいるところ——。

……けれど、どうにもそれは上手《うま》くいかなくて。

頭の中で像がぼやけてしまって、俺はテーブルに肘をつくと一つ息を吐き出した。

―第3話―　失楽園

「──じゃあ、行くか」

「うん、そうだね……」

その日の昼過ぎ。『家』の玄関前にて。

最低限の荷物だけ持って、俺たちはうなずき合う。

三ヶ月暮らした我が家。そこをあとにする日が、ついに来たのだ──。

思えば、あっという間だった。

日和《ひより》と暮らした、九十日ちょっとの日々。

嘘《うそ》のように穏やかで、幻みたいに楽しくて、煙のようにはかなかった。

振り返ると……もはや愛着すら感じる景色が、そこにある。

一緒に料理や皿洗いをした台所。食器はきちんと洗って、戸棚にしまっておいた。

その向こうに、並んで眠った寝室のベッド。最初は慣れなくて上手《うま》く寝付けなかったけれど、今ではお互いの身体《からだ》にしっくり馴染《なじ》んでいる。

リビングのソファの上では、どれだけ日和とやりとりを交わしてきただろう。

いちゃいちゃもしたし、酷《ひど》いケンカもした。布張りのクッションの手触りは、今もありありと思い出すことができる。

この場所は、もはや俺と日和の関係の一部であるようにさえ思えた。

二人の関係の、欠かせない大切な一要素──。

だから今さらになって酷《ひど》く寂しくて、どうにも心許《こころもと》なくて。俺は隣の日和の手を、ぎゅっと握った。

「……今までお世話になりました」

「さようなら……」

二人でそうつぶやいて、一礼すると。俺たちは、並んでその家をあとにした——。

お互い無言で、階段を一段ずつ上っていく。

三ヶ月前、初めて来たときと変わらない殺風景な階段室。

錆《さ》びた手すりと、足音をカンカンと響かせる鉄製の踏み板——。

ゆっくりと足を進めながら、徐々に鼓動が加速していくのを実感していた。

ついに——答えが出る。

この三ヶ月、延々と考え思い悩んでいたことの、結論が出るんだ……。

家の外がどうなっているのか、地上の人々はどうしているのか。

両親は？　卜部《うらべ》は？　友人たちは？

俺の知り合いは皆——本当に、死んでしまったんだろうか。

街も命もすべて失われて、生き残ったのは俺と日和だけなんだろうか……。

——一緒に過ごす日々を経て。

実は俺の中で、日和の発言の説得力は上がりつつあった。

あんな地下で、問題もなく暮らせる用意をすることができた。電気もガスも水道も、一応使用することができていた。

そんな環境を作れる組織が——世界が終わると考えている。

どんな理屈よりも、きちんと生活できている心地よさ、快適さが、日和の言う未来予想の確実な証拠に思えた。

「……ふう……」

ため息をつき、辺りを見回す。

コンクリート剝《む》き出《だ》しの壁。かび臭い匂いと、息の詰まるような湿気……。

……もし、世界が終わっているとして。

すべての人が息絶えていたとして、俺たちはそのあとどうするんだろう。

命の続く限り、辺りをさまよう？　ただそこで、じっとしている？　あるいは——自ら進んで、自分たちの命を終わらせる？

考えてみるけれど……簡単には答えは出てくれなくて。

そのときにどうすべきか、全くイメージは浮かばなくて。

俺は考えるのを諦めると、規則的な運動にもう一度意識を集中させた。

「……ああ、あそこで階段、終わりだね」

日和がそんな声を上げたのは——階段を上りはじめてしばらく。

体感で、三十分以上経《た》った頃のことだった。

少し後ろを歩いていた日和が、顔を上げ階段の隙間を指差す。

確かにその先には、階段室の天井が見えていた。

「……ほんとだな」

「もうすぐだね、地上……」

「だな……」

二人とも、息が切れていた。

『家』でも毎日運動はしていたけれど、それでもやっぱり身体《からだ》が弱っていたらしい。坂の町、尾道《おのみち》で暮らしていたとは思えない足腰の弱り具合で、思わず小さく自嘲してしまった。

もう一度、俺たちは歩みを進める。

これまで以上にゆっくりと。この後目の前に広がるであろう『景色』に、少しずつ覚悟を決めていくように。

そして、

「着いた、な……」

「うん……」

俺たちは——到着した。

重たい鉄の扉の前。三ヶ月前、俺たちと外界を遮断してそのままだった境界線。

今再び、俺たちはその前にたどり着いた。

思わず、その表面をじっと眺める。

錆《さび》が浮き赤く変色し、それでもどこか重厚感の漂うそれ。

この先に何が待っているだろう。俺たちは、どんな結末を迎えるんだろう。

「……開けるよ？」

短い間のあと。

大きく深呼吸してから——日和は言う。

「準備はいい？」

「……ああ、大丈夫だよ。心の準備は、もう済ませたから」

——もちろん、恐怖が消えたわけじゃない。

鼓動は壊れそうなほどに高鳴っているし、全身に汗もかいている。

後頭部がズキズキと痛んで、頭はオーバーヒート寸前だ。

けれど——それも含めて受け入れたい。

そんなすべてを、俺はきちんと認識して、味わいたいと思う。

「……じゃあ、行こう」

日和が、ポケットから鍵を出しロックを解除する。

続いて、俺が取っ手に手を伸ばし――体重をかけてその扉を開ける。

重たい音とともに、扉が手前に動きだす感触。

隙間から、勢いよく吹き込んでくる外部の風――。

そして――数秒後。

完全に開いた扉。その向こうにあったのは――、

「これは……」


――一面の、灰色だった。


――暗くけぶる空。

そして、その下に広がる――濃い灰色一色の大地。

一度息を吸い込むと、硫黄臭い匂いと埃《ほこり》っぽい微粒子――、

「――ごほっ！　ゲホゲホ！」

――咳《せき》が肺からこみ上げる。

同時に、目の痛みと涙が噴き出す感覚――。

何だこれ――⁉

一体、何が――⁉

「……んんー‼」

口元を押さえたままで、日和が声を上げる。

彼女は慌てて鞄《かばん》を漁《あさ》り、何かをこちらに渡す。

「んんー！　んんー！」

つけろ！　というジェスチャー。

受け取ると――ゴーグルと、マスクだった。

歴史の教科書の中、大戦中の兵士たちがつけていたような物々しい装備――。

押しつけるようにしてそれを身につけると、まずは呼吸が落ち着く。

続いて、しばし涙を流して目の痛みも治まった。

隣で日和も、同じようにマスクを装着し肩で息をしていた。

「あ、ありがとう……助かった……！」

マスク越しにも聞こえるよう大声で言うと、彼女も普段より声を張って答える。

「ううん、ごめんね。色々どうなってるかのパターンは考えられて……灰が積もってる可能性は、低いと思ってたんだ」

「そっか」

それでも……ある程度は、想定の範囲内だった、ということか。

つまり、実際少なからず日和たちの予想したような、展開が発生した——。

改めて——目の前の景色に視線をやる。

灰……なのか、これは。

確かに、そんな風にも見えなくもない。

山の斜面、木々の上にもうずたかく積もった、どす黒く細かい灰。

見上げると——空には分厚い雲のようなものが浮かんでいる。

暗くて隙間もなくて、現在昼であるはずなのに辺りはずいぶんと薄暗い。まるで台風の日の薄暗さのようだ。そう言えば、あの日。尾道《おのみち》に轟音《ごうおん》が響いた日に空に広がっていったのも、こんな暗い雲だった……。

そして——もう一つ、気付いたことがある。

「……地形、変わってるよな」

俺は、一人つぶやくようにそうこぼしてしまった。

「ここ、こんな景色じゃなかったよな……」

山の斜面に、この扉はあったはずだった。

斜面の木立の中、振り返れば瀬戸内の海が見える場所だったはず。

けれど……辺りの斜度はずいぶんと緩やかになり、瀬戸内海も見えない。

灰が積もっていることを差し引いても——あきらかに、景色が変わっている。

……確かに、地下で暮らす間にも頻繁に地震は起きていたけれど。かなり大きな揺れもあって、怖い思いもしたけれど……。

こんなに……景色が変わるほどのものだったのか？

大きく地形が変わるほどの、大地震だったんだろうか……？

「……尾道《おのみち》」

自然と、その町の名前が唇からこぼれ出た。

「尾道《おのみち》は……どうなってるんだよ」

言いながら、もう一度辺りを見回す。

方角的には、おそらく右手の方……扉を背にして、右側が尾道《おのみち》だろう。

そっちまで、歩いて行けるだろうか。その道をたどれば安全に……、

「……むずかしいと思うよ」

俺が考えていることに気付いたのか。

日和は気づかうようにそう言う。

「ここから駅前まで、数キロ離れてるし……。着いたところで、もう何も……」

「……それでも」

言いながら、俺はその場を歩きだす。

「それでも、あの町がどうなったか、知りたい！」

――それは、強い欲求だった。

これまで、どこか現実味のなかった「これから」のこと。

世界がどうなるか、人類がどうなるかもわからなくて、そのせいだろうか、俺は自分が、現状をどう捉えればいいのかわからずにいた。

けれど――今。

現実が、目の前にある。

そうなって芽生えたのは――強い気持ちだった。

生まれ育った町が、どうなっているのか知りたい。

そこに暮らしていたはずの皆がどうなったのか、どうしても知りたい――。

灰に足を取られながら、ゆっくりと歩きだす。

感覚は、中学の頃修学旅行で行った雪国、新雪の積もった中を歩くのに近いだろうか。

思わぬ深みや段差があったりして、転んでしまいそうになりながらゆっくりと前に進む。

放っておけないと思ったのか、日和も諦めた様子で俺のあとを付いてくる。

――おそらく、道路があった辺りに到着した。

灰の向こうに感じる、平坦《へいたん》でははっきりした感触。

足で灰をかき分けてみると、数十センチ灰の積もった先に――、

「──ここ、国道だ」

──黒いアスファルトが見えた。やっぱり、間違いなさそうだ。

なら……ここをまっすぐ行けばいい。

この道沿いに歩いていけば、「尾道《おのみち》」だった場所にたどり着くことができるはず──。

灰をかき分けながら、ゆっくり前に進んでいく。

のろのろと亀の歩くような速度で、生まれ育った場所に近づいていく。

景色は、どこを見てもほとんど灰色しか見当たらない。

時折、灰の山が崩れて地肌が覗《のぞ》いている箇所もあるけれど、そこに見えるのも結局アースカラーだ。

変化のない景色の中。ゆっくりと歩き続けていると、まるで一歩も前に進むことができていないような気分になった。

「……ねえ」

背後から、日和がそう話しかけてくる。

「もしも……尾道《おのみち》に着いたとしてさ」

「うん……」

「何も残ってなかったら、どうする？　そのあと、深春《みはる》くんはどうするの……？」

「……そう、だな」

うなずいて、考える。

……日和の言う通りである可能性が高いんだろう。

この景色を見て――俺ははっきりと理解した。

結局――日和の言う通りになったんだ。世界は終わってしまった。

災害をきっかけに文明も滅んだ。こんな景色の中で、人が生きているはずがない。

地形が変わるほどの大災害も起きている。尾道《おのみち》の町なんて、あとかたもなく消え去っているに違いない。

結局は……専門家が予測した通りの結果になったんだ。

俺や卜部の、素人《しろうと》の感覚は全くアテにならなかった……。

それでも……、

「……それは、そのとき、考える」

俺は、前に進む足を止めることができない。

「実際にそこに着いたときに、これからのことは考えるよ……」

「そう……」

納得したのか、あるいはそうでもないのか。

日和はふうと息を吐き出すと、また黙って俺のあとを歩きはじめた。

――もう、何時間歩いたのだろう。

体感では、何日もこうしている気がする。

少なくとも、地下を出てから半日は経《た》っただろう。

時折家から持ってきた飲み水で水分補給するけれど、何かを食べる気にはなれなかった。

……このまま、ずっと歩き続けることになるんだろうか。

ふと、そんな不安に苛《さいな》まれた。

もうとっくになくなった尾道《おのみち》の町を目指して、俺たちは死ぬまで歩き続けるんだろうか。

結局どこにもたどり着けず、どこかで行き倒れるんだろうか――。

ただ……それはそれで、悪くないのかもしれない。

疲れで朦朧《もうろう》とした意識の中、俺はそんな風にも思う。

最後に故郷を目指して歩きながら、力尽き息絶える。

それはもしかしたら、災害で覚悟を決める間もなく命を落とすより、ずっと幸福なことなのかもしれない。

それも……恋人と、幸福な三ヶ月を過ごしたあとなんだ。

こんな世の中で、むしろそれは得がたいハッピーエンドなのかもしれない。

「……ん？」

そんなことを考えていて——気が付いた。

「灰が……」

視線の先。

俺たちが歩く道路の数メートル向こうから、灰がなくなっている。

あらわになっている、アスファルトの舗装。

そこから先に目をやると——ずっと向こうまで、アスファルトが剝《む》き出《だ》しになっているようだった。

「どうして……道路の、部分だけ？」

「……」

後ろで、日和が立ち止まる。

見れば——彼女は目を見開き、驚愕《きょうがく》の表情でその景色を眺めていた。

——二人とも、同じことを考えているようだった。

当然導き出される、一つの仮説。

「……これ、人がやってるよな」

震える声で、日和に言う。

「これ……人が灰を、避けたあとだよな……？」

何度も目の前を確認するけれど、間違いない。

道路だけ、きれいに灰のなくなったその景色。

アスファルトの両脇に、避けられて山になった灰。

そして——道路に残っている、灰の筋。

手作業で、箒《ほうき》のようなものを使って避けたのか。ランダムな動きで灰を払ったあとの、有機的な曲線——。

——自然と、その場から駆け出していた。

何度か灰に足を取られたあと——剝《む》き出《だ》しのアスファルトに到着する。

目をこらして、足下を確認する。

箒《ほうき》で掃かれた灰の筋に混じって、わずかに残っている足跡。

何人かが、向こうへ歩いていった形跡。

——間違いない、人だ。

人が、この灰を避けた形跡だ。

——生きている。

誰かが生きて、この辺りにいる——。

そして、

「……嘘《うそ》」

ふいに……日和が、幽霊でも見たような声で言う。

見れば――彼女は視線を俺の背後。道路の続くその先に向けている――。

振り返り、俺もそちらを見ると、

――灯《あか》りが、点《とも》っていた。


灰色に沈む景色。

さらに日も暮れ、暗闇に飲まれつつあるその景色の中で。

遠く斜面の中腹に――小さな灯《あか》りが点《とも》っているのが見えた。

＊

灯《あか》りを目にしてから、生きている人の姿を見つけるまでそう時間はかからなかった。

灰の避けられた道路を歩くうちに、生活の気配が徐々に濃厚になっていく。

道路だけでなく、周囲の土地にも灰が避けられた区画が見えるようになってくる。

それだけじゃない。今も使われているらしい建物や、灰避けの箒《ほうき》、大きなちりとりのようなものまで目に入るようになった。

そして――数人の大人たち。

作業着を着てどこかへ移動するらしい人たちの姿が、道路のずっと向こうに目に入った。

「――人だ！」

気付けば――俺は叫んでいた。

「ほら見ろ！　人だよ！　おーい‼」

大声を上げ手を振ると、大人たちは驚いたようにこちらを見て、おずおずと手を振り返してくれた。

気付けば駆け出していた。

数ヶ月ぶりに目にする、俺と日和以外の人間。

――生きている。

卜部の言う通り――人は滅びてなんていない。

しかも彼ら、マスクをしていなかった。もしかしてこの辺りは、灰が避けられているおかげで普通に呼吸ができるのかもしれない。

そんなことを考えていた、そのとき。

「……わっ！」

すぐそばで、驚きの声が上がる。

見れば――通りの脇に、女性が立ち尽くしている。

そんなところに人がいたのか。気付いていなかった……。

どうやら、突然飛び出してきた俺に驚いたらしい。

至近距離。久しぶりに聞いた、他人の声――。

「……ここは、どこですか⁉」

思わずそう尋ねる。

「その……地名的には、どこに当たるんですか⁉」

その勢いに、女性は困惑気味に眉を寄せ、

「……東久保町《ひがしくぼちょう》の、辺りですが……」

――東久保《ひがしくぼ》。

俺の家とも、そう離れていない地名だ――。

「ありがとうございます！　……日和！」

女性に礼を言うと、振り返り彼女の名前を呼ぶ。

「帰って来れたぞ！　尾道《おのみち》に……！」

――うれしかった。

もう一度こうして、この町に生きて戻ってこられてうれしかった。

日和は未《いま》だ、愕然《がくぜん》とした表情を顔に貼り付けている。

我慢できなくて、俺は彼女の手を取り歩き出した。

「行こう！」

——早く、誰かに会いたかった。俺の知っている誰かの顔を見たかった。

きっと、生きているはずだ——。

世界はこんな風になってしまったけれど、きっと誰かが、生き残っているはず……。

そんな風にして、尾道駅《おのみちえき》のあるであろう方向に歩いていた俺たちは、かつてのフェリー乗り場の辺り。すでに瀬戸内海がなくなり、向島《むかいしま》と地続きになった船着き場近くで——大橋《おおはし》 橋《はし》本《もと》と再会した。


「——とりあえず、浄水槽をもう少し増やすこと考えようか」

「だなあ、このままだとじり貧で——」

並んで歩いていた若者二人。マスクもゴーグルもしていない彼ら。

俺たちも、すでにマスクを外して歩いていた。

そして……彼らのうちの一人が。大橋が、こちらに気付く。

「……え」

彼はぽかんと口を開け、

「嘘《うそ》……だろ……？」

「ん？　どした？」

「……頃橋《ころはし》。と……葉群《はむれ》、さん？」

「……へ？」

橋本が、釣られてこちらを向く。

二人は――そのまましばし硬直してから、

「マ、マジかよ……？」

「ほ、本物……？」

ゾンビみたいな足取りで、こちらによろよろとやってくる。

そんな二人に、なんだか笑いがこみ上げて。

安堵《あんど》やらうれしさやらで胸に熱いものがこみ上げて、

「……ただいま」

俺は、思わずそんな風にこぼした。

「俺たちだよ。頃橋と、日和だよ……」

顔を見合わせる大橋と橋本。

そして二人は――、

「……本物だー！」

「……うおおおおマジかあああ⁉」

──叫びながら、全速力で駆け寄ってくる。

そのまま二人は、俺たちに勢いよく抱きつき──、

「お前……お前ら！　マジで何してたんだよ！」

「本当だよ！　どこ行ってたのさ！　みんな、もうダメなんだろうって諦めて……」

「……ははは、ごめんな」

そう返すので、精一杯だった。

「色々あって、ちょっと尾道《おのみち》離れてて……」

「離れてって……んもー！　何なんだよー！」

「心配したんだからね！　二人に何があったんだろうって！」

「あはは、そうだよな……ごめんな……」

大橋、橋本の様子に、もう一度身体《からだ》が熱くなる。

そうだよな……心配かけたよな。

この二人にも、そしてもちろん家族にも……。

でも……こうして帰って来れたんだ。

俺たちは無事に尾道《おのみち》に戻って、再会することができた──。

日和の方を見ると──彼女は未《いま》だに、幽霊でも見たような顔でぼんやりしている。

それも仕方ないのかもしれない……。

世界が終わるどころか、人類は今も生き延びていて――そのうえ。

こんな風にして、かつての友人と再会までしてしまったのだから。

＊

――俺たちが戻ったという知らせは、あっという間に周囲に広まった。

「――深春！」

「――どこに行ってたんだ！」

大橋、橋本に連れてこられた、駅前のホテル。

現在、自治体の機能がすべて集約されているというそのロビーで待っていると、まず俺の両親が駆けつけてくれた。どうやら、この建物内で働いていたらしい。

二人はこちらに走り寄ると、俺を抱きしめ大声で泣いた。

とっくに命を落としているものだと思っていたらしい。二人は再会を喜び、黙っていなくなったことを叱り、また喜びで涙をこぼした。

そして俺も――日和の目の前にもかかわらず、大泣きしてしまった。

また会えてうれしい。父さん母さんが生きていて、本当に良かった。

以前よりもずいぶんやつれてしまったように見えるけど、きっと俺のせいなんだろう。

これからは、できるだけ二人に心配をかけないようにしようと思う。

続いて、

「──やあ、お帰り」

「──ったく、本当に心配させてさー」

卜部、凜太《りんた》が来てくれる。どうやら、二人とも何かの作業を抜けてきてくれたらしい。

両親よりは落ち着いた態度で。けれどその顔にはっきりと安堵《あんど》の色を浮かべて、彼らはそばにある椅子に腰掛けた。

「どれだけ心配したと思ってんの」

「まあ、わたしはこんなことになる気がしてたけど」

そんな風に言葉を続ける二人。

さらに、卜部はこちらの顔を覗《のぞ》き込《こ》み──、

「ていうか深春も日和も、なんか肌つや良くない？」

「ほんとだね」

「思ったより健康的だなー。もっと、ただれた生活してたのかなって思ってたけど」

そう言って、卜部はニヤリと笑う。

その表情はちょっと意地悪で、けれどその向こうには俺に対する信頼が透けている気がして。

俺は内心、ほっと胸をなで下ろす。

「――今、葉群さんの両親にも声かけに行ってるから！」

「ごめんな、もうちょい待ってて！」

言いながら、大橋と橋本が慌ただしくロビーに戻ってくる。

良かった。どうやら葉群家の両親も健在らしい。

そんな二人に、日和も小さくうなずき「ありがとう」と返していた。

――続いて、その場の人々から質問攻めに遭う。

どこにいたのか、だとか。食料はどうしていたのか、だとか。

はっきりとではないけれど、俺たちの関係が今どうなっているのかも聞かれた。

もちろん――本当のことを明かすわけにはいかない。

だから基本的に「二人で話していたら災害が発生した」「保存食の残された大型スーパーを見つけたから、そこで数ヶ月過ごしていた」という説明をした。

「――だからほら、こんな元気で生き延びれたんだよ」

付け加えるように、俺はそう言う。

「水も食料も、それだけじゃなくて布団《ふとん》とかも。余るくらいにあったからさ……」

あっさりと、皆はその話を信じてくれた。

逆に言えば、そんな荒唐無稽な話が、信じられるような状況になっている、ということなのだろう。

だから——続いて尾道《おのみち》の町に起きたことを。

あれからここで、どんなことが起きていたのかを皆に尋ねた。

「……本当に、大変だったよ」

卜部が深く息を吐き、沈痛な面持ちで言う。

「あのあと灰が降りはじめて、それで全部が変わって……」

黒い雲の届いたあと。尾道《おのみち》の町に、この黒い灰が降ってきたらしい。

それはあっという間に道路や屋根や耕作地を覆った。

結果として——植物は枯れ道路の行き来も困難に。さらには、その上に雨が降る度に大規模な土砂災害が頻発して、地形が変わるほどに尾道《おのみち》の町は荒れ果ててしまった。

いつの間にか、瀬戸内海の海面も大きく後退してしまったらしい。

そして、その過程で——、

「……田中《たなか》先生と、梶《かじ》くんが亡《な》くなった」

大橋が、苦しげな声で言う。

「それだけじゃないよ。かなりの市民が犠牲になったと思う。行方不明のままの人も、たくさんいる……」

「……そっか」

その言葉に——じんと思考が痺《しび》れた。

視線を落とし、しっかりと事実を飲み下す。

田中先生、梶くん。そして——たくさんの尾道《おのみち》の人たち。

そうだ、こんな変化があって、犠牲者が出ないわけがない。

そしてそれが、俺たちの知り合いである可能性だって当然あるんだ……。

「……けどさ」

凜太が、名前の通りに凜々《りり》しい声で続ける。

「最近結構、なんとかやっていけそうな雰囲気になってきたんだよ」

「……そう、なんだ」

「うん。食料の備蓄は大分減ってきたんだけど、海ではまだ魚獲《と》れるのがわかってさ。ほら、海面下がったからちょっと遠出になるんだけど、それでずいぶん食料事情がマシになって。あと、この状況下で耕作できる植物も探してるし、電気も少しずつ、使えるようになってきたんだよ。残り少ない燃料使うだけじゃなくて、色んな発電方法探りながらね」

「なるほど……」

「……だから、まあ」

言って、卜部が笑う。

「二人とも……これからもよろしくね。一緒になんとか、生き延びよう」

——ずいぶんと、大人びた笑顔だった。

もともと、卜部は年の割にしっかりした女の子だったと思う。

性格も落ち着いていたし好みも大人っぽかった。考えることだって現実的で、俺は密《ひそ》かに卜部のそういうところを尊敬してきた。

けれど——この数ヶ月で、一層成長した卜部。

そんな彼女と、また毎日過ごすことができるのは、素直にうれしいことだと思う。

「うん、そうだな……」

——たくさんのものが失われてしまった。

亡《な》くなった人は戻ってこないし、かつての景色だって戻ってこない。

それでも——生きているんだ。

俺たちはこうして、生き延びた。

だから、これからも手を取り合って、暮らしていきたいと思う。

未来のことはわからないけれど、せめて精一杯、毎日を過ごしたいと思う。

——けれど。


「……日和？」

隣に腰掛けていた日和が——ふいに立ち上がった。

そして、こちらも見ないままふらふらとどこかへ歩きだす——、

「……あ、あれ、葉群さん⁉」

大橋が、慌てて声を上げる。

「今、ご両親呼びに行ってるんだけど……どこ行くの⁉」

「……ごめん、ちょっと」

かすれる声で。消え入りそうな声量で、日和はそう言う。

「わたし、行くところあるから……」

「行くところって、どこに――」

――そこまで言って、俺は気付く。

こわばりきった、日和の表情。

視線は、ここではないどこか遠くを眺めているようだった。

顔色は青ざめ額に汗が浮かび、唇はきゅっと強く噛《か》みしめられている。

思わず――息を呑《の》んだ。

日和のこんな顔を見るのは、久しぶりのことだった。

尾道《おのみち》に戻ってきて以来、どこか彼女は穏やかだった。

自分の運命を受け入れたような、これから起きることをすべて納得しているような、そんな表情――。

二人で暮らしているときは、幸せそうにすら見えていた。

そんな日和になってくれたことを、俺はうれしく思っていた——。

なのに——なぜ今、こんな顔をするんだろう。

世界は滅びなかった。皆無事だった。

これでハッピーエンドだ。そう思ったのに。なぜ、日和はそんな表情を……。

「……ごめん、ちゃんと戻ってくるから」

こちらを振り返り、力なく笑う日和。

ようやく見えた笑顔だけど、俺は全く安心できない。

「やるべきことをやったら、また帰ってくるから……ちょっと待ってて……」

——そう言われると、何も返せなくなる。

彼女を止めることも、行き先を尋ねることもできなくなる。

もしかしたら——『お願い』を使われたのかもしれない。わたしを追うな、何も尋ねるなと、
言葉に出さず願われたのかもしれない。

「……大丈夫なの？　あの子」

彼女の背中がホテルの玄関を出て消えたところで、怪訝《けげん》な顔で卜部が俺に尋ねる。

「何かずいぶん、思い詰めてるみたいだったけど……」

「そう、だな……」

大丈夫では、ないんだと思う。

きっと何かを思い詰めている。俺の想像の範囲外にあることを、彼女は考えている。

けれど、それが何なのかはわからなくて。

そして、自分に何ができるのかもわからなくて――。

「……どうしたんだよ、日和」

つぶやいた声は、降り積もる灰に染《し》みこむようにして消えていった。

＊

「……着いた」

――ここに戻ってくることになるなんて、思っていなかった。

尾道《おのみち》に隣り合う市。その市街地にある、かつての【天命評議会《てんめいひょうぎかい》】の拠点。

あの日――わたしが評議会の解散を命じた建物が、目の前にあった。

鉄筋コンクリート造、十二階建て。

以前は地元企業の本社ビルで、屋上にヘリポートがあったことから評議会で接収させてもらった。活動後期はここがわたしたちの本拠地みたいになっていて、個人的にも愛着のある場所だった。

けれど――今やその建物も、全体が灰に覆われている。

窓ガラスは半数ほどが割れ、残りの半数ほどに灰が分厚くこびりついている。

地形の変わり具合を見れば、全壊していないだけでもラッキーと思うべきかもしれない。

――あのあと。評議会解散のあと、ほとんどのスタッフはこの建物に残ることを希望した。

他に行くあてもなかっただろうし、わたしが食料をありったけ集めたこともあるんだろう。

少なくない人数が、この場所を自分の「最期《さいご》の地」に選んだ。

だから……何かわかるかもしれない。

ここに来れば、生き残ったスタッフに会えば、世界の現状がわかるかもしれない。

そう考えて――わたしは尾道《おのみち》を出ると。徒歩で丸一日をかけてここを尋ねていた。

「……灰、避けられてる」

建物の周囲を眺めながら、わたしはつぶやいた。

尾道《おのみち》ほどではないけれど、人が通れるほどの幅、灰の避けられた形跡があった。

だから……やはり今も、誰かが中で生きているのだろう。

もしかしたら、評議会自体も再興しているかもしれない。今後も生き延びていくため、試行錯誤をしているところなのかもしれない。

そんなことを考えながら、建物に入り。わたしは――改めて、この世界の現実を思い知らされる。

──死者、七十九名。生存者、十二名。

負傷者九名。そのうち重傷者三名。

それが、評議会スタッフだった者たちの現状だった。

「……みんな、だいたい死んじゃったね」

──志保《しほ》ちゃんが。

かつて、わたしの側近であった牧尾《まきお》志保ちゃんが、かすれた声で言う。

「でも、悪くない終わり方だったよ……。食料が尽きかけて、皆で手分けして探してて……そこに、土砂崩れが来た。みんな、悲鳴を上げる余裕もなかったよ……」

「……そう」

わたしは──今の志保ちゃんを前にしたわたしは、そんな風に返すことしかできない。

確かに、彼女の言う通り。それはきっとこの世界に於《おい》て、悪くない終わり方だったんだろう。

きっと、痛みを感じる暇さえなかった。多くの人が、うらやましがるだろう終わりだ。

けれど……、

「……それにしてもずいぶん久しぶりだねえ」

「うん……」

「解散の日以来だから……三ヶ月ちょっとぶり？」

「……だね」

「そんなに顔合わせないことなかったからねー。でも、良《い》いタイミングで来てくれたよ」

「……そう」

「なんて顔してんの」

志保ちゃんは、そう言って力なく笑う。

「こんな場面、数え切れないほど見てきたでしょ……」

その身体《からだ》は、ベッドに横たえられている。

腕や腹部、大腿部《だいたいぶ》と頭に巻かれた包帯。

そのほとんどには、どす黒い血が乾いて固まっている。

唇は乾き肌には生気が見られない。かつては野蛮なほど輝いていた瞳からも、光は消《き》え失《う》せていた――。

――重傷者三名。

その中でも、最も重いケガを負ったのが志保ちゃんだった。

傍《そば》で見ていても、はっきりとわかる。

これはもう――助からない。持って数日だ。

そしておそらく、志保ちゃんもそのことに気付いている――。

……確かに、こんな場面は何度も見てきた。

志保ちゃんのお兄さんや安堂《あんどう》さん。それだけじゃない。たくさんの人が、わたしの目の前で命を落としてきた。

だから……慣れている。

こんな景色は見慣れている、そう思っているのに――、

「……正直、意外だよ」

――志保ちゃんは、素直に信じられない様子でそう言う。

「日和ちゃんが、そこまで動揺するなんて……」

彼女にあっさり気取られるほどに――わたしはうろたえていた。

確かに、わたしたちは言ってみればビジネス上のパートナーだった。

いがみ合うことも言い合うことも多かったし、実際評議会スタッフの中には、わたしたちが犬猿の仲であると勘違いしている人も少なからずいた。

けれど――実際の関係は、そんなにシンプルじゃない。この子は、志保ちゃんは……評議会の中で最もわたしを憎むと同時に、最もわたしに共感していた。

――兄を死に追いやった仇《かたき》として。

そして――世界を背負わされた同世代の女子として。

志保ちゃんは、誰よりも強い感情を持ってわたしに接した。

だから……わたしは思うのだ。

誰よりも、わたしに並び立っていたのは——この志保ちゃんであると。

親よりも、友達よりも、そして——悲しいことに、深春くんよりも。

この子は、わたしのことを知ってしまっていた。

わたしと一緒に、世界のことを知ってしまった——。

「……でも、もともとわかっていたじゃない」

慰めるような口調で、志保ちゃんはわたしに言う。

「世界がこんなものだってこと。現実は、こうだってことも」

「……うん」

「……そうだ、災害が起きたあともね、しばらくは色々モニタリングできたの」

苦しそうに、志保ちゃんはぎゅっと目を閉じる。

「結構……生き延びた人、いるよ。世界中にちらほらと。もうほんと、どん引きだよ。完全に予測、外れてるじゃん」

「……ほんとだね」

わたしは小さく笑ってしまう。

本当に、大外れじゃないか。被害規模、最小でも人類滅亡って、皆口を揃《そろ》えて言っていたのに……。

「でも……仕方ないかもね。こんな災害、有史以来初めてだし……」

「それは、そうだね……。でも、最悪なことに変わりはないでしょ」

そう言って、志保ちゃんは目を細める。

「むしろこれまでよりも酷《ひど》いよ。ウイルスも消えない、災害も収まらない……。殺し合いなんて、ひたすら増え続けてる……。ねえ……今となってはわかるの」

そう言って──志保ちゃんはこちらに手を伸ばす。

「日和ちゃんが……ここを離れるとき、うれしそうにしていた理由」

わたしは──両手でそれをぎゅっと摑《つか》んだ。

「ほっとしてたんだよね？」

志保ちゃんが言う。

「日和ちゃん、世界が終わることに、ほっとしてたんだよね……？　それが、最後の救いだと思ってたんだよね……？」

──わたしは、その問いに答えない。

今、この子の前で言うべき言葉を、わたしは持ち合わせていない。

「……残念だね、終わらなくて。本当に、日和ちゃんの考える通りだったと思う。あのとき終わっていれば、どれだけみんな、幸せだったんだろう。苦しみをそこで終わらせられるんだもん、そんな幸福は、他にないよね。それだけが……この世界の、わたしたちの希望だったた

「……」

　そして──彼女は身体《からだ》を起こす。

　全身の痛みに顔をしかめながら、ベッドの上に起き上がる、

「……志保ちゃん！」

「大丈夫……でもね、日和ちゃんに提案があるの」

　言って、志保ちゃんは耳元に口を寄せると。

　わたしに──側近として、最後のアドバイスをくれる。


「──他でもない……あなたが──」


「……何を言っているの？」

　──その提案に。

　あまりに荒唐無稽な、信じられない提案に──思わず志保ちゃんの顔を見つめた。

「そんな……世界をだなんて、そんな……」

　一瞬──錯乱したのかと思う。

　志保ちゃんは徹底的な現実主義者だった。理想を捨てられないわたしに何度も現実を突きつけ、決して軸足をぶれさせなかった。

その志保ちゃんから「そんな提案」が出たことを、わたしは上手《うま》く咀嚼《そしゃく》できない。

もしかして……痛みと恐怖の中で、正常な思考ができなくなってる？

けれど、志保ちゃんの顔には、今も知性の光が宿っていた。

彼女は――ごく冷静に、合理的に判断して、それをわたしに提案している。

「……本気なの？」

「もちろん……本気だよ。むしろ、今までの提案の中で一番本気。もっと前にこうしておけば良かったって思うくらい……」

「ふざけないでよ、そんなことできるわけないでしょ……」

「……そうかなあ？」

志保ちゃんは、わたしにへらっと笑ってみせる。

それはまるで――まだ評議会が活発に活動していた頃。彼女がよく、わたしに向けたような表情だった。

「日和ちゃんも、納得してくれると思ったけど……」

「するはずない……」

「本当かなあ……？」

意地悪な顔で、志保ちゃんはわたしを覗《のぞ》き込《こ》む。

「ちょっと想像してみてよ。日和ちゃんが、そうしたときのこと……。……ねえ？　どう？

ほっとしたんじゃない？　ちょっとだけ、救われた気になったんじゃない？」

……わたしは、言葉を返さない。

「だからまあ……」

言って――志保ちゃんは、ベッドに身を横たえる。

「考えてみてよ。そうするってことを」

「……それは、わかった」

「あとね……」

志保ちゃんが、もう一度こちらを見る。

そして――その顔に笑みを。偽りなく、幸福そうな表情を浮かべ、

「わたしがこうなったことを、憐《あわ》れんだりしないでね？」

最後にこう言ったのだった。

「――お兄ちゃんのところに行けるの。結構、楽しみにしてるんだから……」

＊

――その日のうちに、志保ちゃんは亡《な》くなった。

わたしと交わした言葉が、彼女の最後の言葉だったそうだ。
そして——わたしは気付いた。
志保ちゃんを……うらやましく思っていることに。
そんな風に終わりを迎えた彼女の幸福を、内心でうらやんでいる自分に。

第4話　セカイの系譜

──頃橋《ころはし》家には、平地の小さな戸建てがあてがわれていた。

降り積もった灰と続く土砂災害で、以前の家は危険だと判断。自治団体に相談し、空き家になっている古い戸建てを使わせてもらうことになったのだそうだ。

もちろん、卜部《うらべ》と凜太《りんた》も一緒だ。俺がいなくなってからも、両親と卜部家姉弟は、もともと本当の家族だったみたいに身を寄せ合い一緒に暮らしていたらしい。

ちなみにこの家、小さいとは言え以前の家よりも広さがある。両親の部屋と別に、それぞれ卜部の部屋、凜太の部屋も用意されている。そして俺は──以前と同じく、凜太と部屋を共有して暮らすことになっていた。

「──ひとまず、先生たちと相談してくるよ」

俺と日和《ひより》が尾道《おのみち》に戻り、数日後。

朝食の席で、俺の今後の生活について凜太がそう言う。

「多分また、臨時教師に戻ってほしいって話になるだろうけど、色々調整もいるだろうからね。それまでは、大橋《おおはし》くんとか橋本《はしもと》くんとかと、一緒に動いてくれると助かる」

「お、おう……」

うなずきながらも、俺は驚きを隠しきれない。

「凜太今、そんな交渉役とかやってるんだ……すげえな、小学生なのに」

先生と相談って……そんなの、高校生でも委員長とかそのレベルの生徒がやるやつじゃないか。しかも、臨時教師の相談だぞ……？　子供がやるレベルの話じゃなくないか？

「まあ、そんなことも言ってられないからね」

何食わぬ顔でうなずいて、ご飯を手早くかき込む凜太。

「できるひとができることを、精一杯やるしかないよ……」

「はぁ……」

またもや、俺は感心のため息を漏らしてしまう。

ずいぶんと……成長したんだな。

もともと大人びたやつだったたし、大したものだと感心することも多かったけど……。ここ数ヶ月で、ここまでしっかりするなんて……。

それに、もう一つ気になることがあって、

「大橋くんと橋本くんって。凜太、結構あいつらと絡《から》んでるの……？」

一応、顔見知り程度ではあるはずだ。

以前卜部の家に集まった際、三人は顔を合わせている。

けれど、凜太の口調には友達を呼ぶような親しさが感じられる気がした。

「あー、最近結構仲良くしてるんだよ」

そう答えたのは、卜部だった。

「やっぱこんな状況でさ、みんなそれぞれ必死に動くうちに、横の繋《つな》がりも強くなって。凜太、麻里《まり》にも気に入られてるんだよ」

……麻里。天童《てんどう》さんとまで仲が良《い》いのかよ。

「……俺はあの人、ちょっと苦手だけどね」

「凜太のファンみたいになってるもんね。本人いないとこでも『ほんとイケメン』『頼りになる』って褒めまくりだよ」

「それがやりづらいんだよなあ……」

「まあまあ、邪険にしないであげてよ。未来の彼女候補かもしれないし」

「ええ……」

困った表情で息を吐き出す凜太。

——けれど、そんな彼らに。

ごく当たり前の会話をする二人に、俺は改めて実感する。

ひとまず、以前のような生活が戻ってきたことを。最悪の事態は、現段階では回避されたのだ、ということを——。

*

「——いやマジきついな……灰の除去……」

凜太の言う通り、大橋、橋本と合流し。参加させてもらった「灰の掃除」。

その休憩時間に俺がぼやくと、

「あはは、実質細かい石みたいなもんだしね」

「水分含むと、ヤバい重くなるんだよなあ……」

と、二人も苦笑いでそれに同調してくれた。

「もっとこう、ふわふわで軽いのかと思ってたよ……」

「俺も最初はそうだと思ってた！」

「結構腰痛めちゃう人もいるもんね……」

「あー、俺もそれ気を付けねえとなあ……」

全身をがくがくいわせながら、息も絶え絶えで言う俺……。

まだ午前分の作業しかしていないのに、すでに体力は限界だ。

ただ、大橋、橋本は俺に話を合わせつつも、本人たちはさほど疲れてもいないように見える。

……考えてみれば、二人は災害が起きる前から、地域作業の時間に肉体労働をしていたんだ。

体つきだってずいぶん筋肉質になって、見るからに逞《たくま》しい。

対する俺はひょろひょろで……なんだか、我ながら情けない気分になってくるな。

『家』に引きこもってたとは言え、こんなに役に立てないのはさすがに申し訳ない。

「――午後は、耕地のビニールの灰下ろしからいくか」

「──だねえ。あとは駅前ロータリーと、国際ホテルの辺りと……」

俺の隣で、そんな風に言い合っている二人。

──灰は今も、ときどきこの尾道《おのみち》の町に降り積もるらしい。

災害直後は四六時中で、延々とその対処に追われたけれど、最近は少しそのペースも落ち着き。こんな風に灰避け作業をしたあとは、マスクやゴーグルなしでも出歩ける日も増えてきたそうだ。

「……本当に、大変だったんだな」

──目の前の尾道駅《おのみちえき》前を眺めながら。

海沿いのベンチから、灰避け作業の進む駅舎周りを眺めながら、俺は思わずつぶやく。

「みんな、必死で生き延びてきたんだな……」

ここから見える作業員は、数十人ほどだろうか。

若めの男女が集められているのだろう、皆きびきび自分の作業にあたり、効率的に灰を集めている。

──おかげで。空は相変わらずどんよりと曇っているものの、景色はずいぶんと以前の様子を取り戻して見えた。

「まー、大変は大変だったな……」

「結構、犠牲者も出ちゃったしね……」

あれ以降、俺の顔見知りがさらに何人か亡《な》くなったことを知らされた。

さらに言えば……大橋の兄も土砂崩れで亡《な》くなり。橋本の父親は、調査のため船で海に出てそのまま戻ってこないらしい。

大変じゃなかったはずがない。苦しい思いや悲しい思いをしたに決まっている。

けれど、

「とはいえ、生きてるしな」

言って、大橋は笑う。

「だから、セーフっちゃセーフだろ」

「色々、なんとかなりそうな気配も見えてきたしね」

橋本が、それに続いて笑ってみせる。

「食べ物と水があれば、最悪なんとかなるから」

「……だな」

うなずいて、俺も大橋、橋本に笑いかけた。

そうだ……今のところ、俺たちは生きている。

すぐに命を落とす気配はないし、これからも生きていく算段を立てはじめている。

なら……きっといつか、幸せになれるはずだ。

希望は今も、消えていないんだ――。

そんなことを考えながら、俺は灰避けのスコップを強く握った。

――気になるのは。

引っかかっているのは、あの日から一度も姿が見えない日和。

尾道《おのみち》に戻ってきて以来、顔を見せていない日和のことだった――。

*

――世界の有様《ありさま》は、予想通りのようだった。

いや……正確に言えば、わたしたちの予想よりもずいぶん悪い、というところかもしれない。

「やっぱり、そうだよね……」

無理にお願いして用意した、交通手段。

今やほとんど使うもののいなくなった乗用車。

その座席で、背もたれに体重を預け――わたしは深く息を吐く。

「あんなにまともなのは……尾道《おのみち》だけなんだ」

――あの日から。

志保《しほ》ちゃんが亡《な》くなったあの日から、わたしはこうして車で移動できる範囲内で、人々の生き残った地域を見て回っていた。

こんな風になった世界にも、各地に人の生き残った地域があって、それぞれ必死で日々を生き抜こうとしている。その様子を、現地へ確認に行っていた。

……もちろん、長距離走ることなんて不可能だ。

燃料もないし、灰がエンジンに入り込んですぐに動作不良を起こしてしまう。

だから、あくまで隣県程度まで。世界全体を見て回ることができた、なんてことは言いがたい——。

それでも——。

「……なるほど」

いくつかの地域の確認を終えて。

そこにいる人々が「予想通り」なのを確認して。

わたしは——自分の思考が、一つの方向に落ち着きつつあるのを感じる。

「そっか……そうだったんだね……」

——尾道《おのみち》の町にたどり着いたときには。

あの町がまだ生きているのに気付いたときには、酷《ひど》くうろたえた。

混乱したし、驚いたし——はっきり言えば、恐怖さえ覚えた。

……本来、喜ぶべきことなのに。

皆が助かったことや、これからも生きていけそうなことは「良《い》いこと」であるはずなのに。

わたしはそこに、拒否感を覚えている。

——その理由が、今、理解できた。


「……志保ちゃんは」

元評議会支部に向けて走る車の中。

わたしは、ポロリとその名前をこぼしてしまう。

「本当に、わたしの理解者だったなあ……」

——今になって、改めて驚いてしまう。

あの子は、誰よりもわたしのことを理解してくれていた。

もしかしたら、わたし以上にわたしのことをわかっていたのかもしれない。

「そっか……そうだよね」

わたしの中で、少しずつ覚悟が形になっていく。

「わたしにも、まだできることがあるよね……」

そのことが、はっきりしたように思う。

もう、わたしの『お願い』は役に立たないのだと思っていた。

各国の指揮系統を掌握した時点で、その能力の出番は終了した。

災害に立ち向かう際には、ほとんど効力を発揮しなかった。
——けれど、今。
こうして、人々がこんな苦境に立たされて——ようやく、その力がもう一度意味を持つ。

「——みんなを、救えるんだ」

そう口に出すと——ぽっと胸に温かみが宿った。

「わたしが、みんなを——」

そうだ、わたしにはできることがある。
こんな風になった世界に、最後に贈り物ができる。
それを思うと——いたずらを思い付いた子供みたいな気分になって。早く誰かに伝えたくて、そわそわしてしまう。

「……そうだ」

そして——わたしは思い付く。
まずは、このことを伝えるべき相手を。

このアイデアを、最初に教えたい相手を――。

「……あの、すみません」

身を乗り出すと、わたしは運転手に――この仕事を買って出てくれた評議会のスタッフに、あるお願いをする。

「やっぱり、行ってほしいところがあるんです……」

*

――日和からの手紙が来たのは。俺の家の前に封筒が置かれていたのは、俺が尾道《おのみち》に戻ってからひと月ほど経《た》った頃のことだった。

「深春《みはる》、これ、置いてあったよ」

夕食後の時間。

凜太がそう言って、俺に一通の封筒を渡す。

「……え、何だよこれ」

「さあ。玄関にあった」

素っ気なくそう言う凜太から、封筒を受け取った。

……真っ白の、何の飾りもない封筒。

今や紙なんて貴重品だ。誰がこんなものを……なんて思いながら手を返し、反対側を眺めると――。

――深春くんへ

――女の子の文字だった。

丸い文字で、見覚えのある筆跡で、そんな風に書かれていた。

「……ラブレターなんじゃない？」

相変わらず興味なさそうな声で、凜太は言う。

「一応、姉ちゃんには見られないよう気を付けたから」

「……いや、そういうのじゃ、ないと思うけど……」

――日和の文字だった。

この街に戻って以来、一度も顔を見ていない日和の文字。

もちろん、彼女がどうしているのかは気になっていた。向島《むかいしま》の自宅に戻ったのか、とも思ったけれど、日和の家族曰《いわ》く、一度も家には帰ってきていないらしい。

だとしたら……どこにいるのだろう。

一体彼女は今、何をしているんだろう……。

そんな日和が――手紙をよこしてきた。

現実を再認識すると、鼓動が一気に加速していく。凜太に気取られないよう気を付けながら、俺はその封を切り、中に入っているものを確認する。

――便せん一枚だけ。

一枚の白い紙が、色気なく折りたたまれてその中に入れられている。

そして、そこに記されている日和の文字――。

○月○日。○時頃。
お話があるの。教室に来てください。


「……どうだった?」

凜太が尋ねてくる。

「やっぱりラブレター?」

「……いや、違ったわ」

「ふうん……」

それだけ言うと、納得したのかしていないのか、凜太は本棚から小説を手に取りページをめくりはじめる。

――お話があるの。
……何の話だろう。
わざわざそんな風に呼び出して、一体何を話したいと言うのだろう。
思い当たることは、何もない。
この状況で、改まって日時まで指定して、彼女が言いたいことなんて想像もつかない。
けれど――少なくとも。何か、いい話があるとは到底思えなくて。
明るい前向きな話が聞けるようには思えなくて。
俺は一人、唾を飲み込んでまずは気持ちを落ち着けようとする。

＊

――あっという間に、日々が回っていく。
灰避けの作業に、その合間の大橋、橋本との語らい。
再開した臨時授業と、小学生たちの変わらない元気さ。
以前よりも質素になった食事と、以前よりも深くなった睡眠――。
そんな風に生活と作業に追われるうち――日和との約束の日がやってくる。
手紙で指定されていた、「お話」の日が。

そして――予定の時間、少し前。

待ち合わせ場所である学校に着いた俺は、

「……久しぶりだな、ここに来るのも」

その建物を見上げ、ふうと息をついた。

しばらく使われていないのだろう。灰を被《かぶ》り、ＲＰＧのゴーレムみたいに見える校舎。

――ここに、日和がいるんだ。

このところ姿を見せなかった、どこにいるのかわからなかった彼女が――。

「行くか……」

緊張にごくりと喉を鳴らし、昇降口に向かって歩きだす。


――そして。

俺と日和の。

セカイの、最後の二十四時間がはじまる。

＊

――教室から見下ろす、尾道《おのみち》の町。

わたしは、この景色が好きだった。

授業中に、休み時間に、放課後に。こうしてぼんやり窓の外を眺めるのが好きだった。

深春くんがやってくるのを待ちながら。わたしは目を閉じ、かつての風景を思い出す。

視界いっぱいに広がる坂の町。

黒い古びた瓦の屋根と、その間に生い茂る木々の濃い緑。

狭い平地の先には群青《ぐんじょう》の瀬戸内海が広がっていて、穏やかな波が陽光に煌《きら》めいている。

そして——その先にある向島《むかいしま》。海に浮かぶ鯨の背みたいな、重量感のあるシルエット。

そんな景色が好きで、わたしは暇があれば飽きることなく窓の外を眺めていた。

目を開けば——あの頃の面影は、失われてしまったけれど。

灰に覆われて木々が枯れ、瀬戸内海は陸地になり。色合いはずいぶん変わってしまったけれど。それでも。わたしはここからの景色を愛おしく思う。

だから、ここで話したいと思った。

彼に伝えるなら、いつも一緒に勉強していた。たくさんの時間を一緒に過ごした、ここで、にしたいと思っていた。

……待ち合わせ、そろそろ十分前だ。

来てくれるかな。手紙、読んでくれたかな……。

ちょっと不安になるけれど、わたしはちゃんとわかっている。

深春くんは、絶対に来てくれる。彼はこういうときに、わたしを蔑《ないがし》ろにしない。泣けちゃうくらいに律儀《りちぎ》なのだ。深春くんは。そのことを、わたしは誰よりも知っている。それでも、やっぱりどうしてもそわそわしてしまって。

デート直前みたいな気分で、わたしはスカートの裾をもじもじといじっていた。

ちなみに——今日は服装も、以前のままの制服だ。

正直、もうまともな服がほとんど残っていない、ということもあるのだけど。尾道《おのみち》の町を見渡しても、制服や学校指定のジャージを着ている若者は少なくもないのだけど。それでも、ここにくるなら、ふさわしい格好で。登校気分を味わいたくて、わたしはこの服を選んでいた。

そんなことを考えているうちに——廊下の向こうから、足音が聞こえてくる。

慎重で、どこかおっかなびっくりにも聞こえる固い足音。

間違いない、彼だ。深春くんの足音には、独特のリズムがある。

ドキドキしているうちに、音はわたしのいる教室の前で止まり、

「……ああごめん、待たせた、かな」

深春くんが、部屋の中を覗《のぞ》き込《こ》んだ。

「……ううん。待ってないよ」

うれしさに、思わず笑いだしそうになってしまう。

「それに、まだ約束の時間の前だもの。気にしないで」

良かった……来てくれて。しかも、きっちり時間まで守ってくれて……。

けど、深春くん……なんだか緊張気味の表情かも。そんな顔しなくてもいいのになあ……。

こわばった顔のまま、彼は教室に入る。

そして、何やら逡巡《しゅんじゅん》するように口をもごもごさせてから、

「……ず、ずいぶん久しぶりだよな。こうして会うのも」

絞り出すように、そう尋ねてきた。

「そう言えば、そうだね。ごめんね、しばらく留守にしちゃって……」

「顔見せなかったのは、一ヶ月くらいか？　その間、何してたんだよ……」

「……ああ、えっとね。色々見て回ってたんだ」

素直に、わたしは彼にそう教える。

「こんな風になった世界を、少しだけ……」

「そう、なのか……」

「……本当にね、酷《ひど》い有様《ありさま》だった」

少しためらってから……わたしは彼にそう話す。

今も目に焼き付いている景色。

それを彼に、ほんの少しだけ知ってもらいたい。

「もちろんね、こんな風になる前からずっと酷《ひど》い状況だったんだよ。人の命とか尊厳なんて、

紙切れくらいの値打ちになってた。でも今は、それ以下だよ。比較的マシだった日本でも、もう完全に底が抜けちゃった」

──そうだ、そんな景色を何度も見てきた。

確かに、世界は滅びなかった。わたしたちの予想は外れた。

そこだけ切り出せば、「良かった」なんて言えるのかもしれない。

危機を乗り越えてハッピーエンドにたどり着いた、なんて風に見えてしまうのかもしれない。

けれど──事実は違う。

ただの悪化だ。

元から殺し合い続けていた人々が、さらに陰惨に殺し合うようになった。

奪い合い続けていた人が、さらに大切なものを奪い合うようになった。

──ほんの少しの水のために、家族の命を差し出したり。

──まるで当たり前のように、レイプが横行していたり。

──全く理由もないまま、手慰みに誰かが殺されたり。

あれだけの文明を作れた人間が、ここまで野蛮になることができる。

そのことを、わたしはこの目で見届けてしまった。

「……やっぱり、そうなんだな」

なんとなく、深春くんもそのことは理解していたんだろう。

視線を床に落とし、苦しそうに唇を噛《か》む。

「こんなに穏やかなのは、尾道《おのみち》だけなんだな……」

そう――尾道《おのみち》が穏やかであること。それが、わたしの願いだった。

わたしの大切な人が、景色が、世界のそんな一面に触れないこと。

そこで暮らす人たちが、それまでの天国の中にいられること。

そしてそんな努力は――実を結んでいたらしい。

深春くんは、理屈の上では理解したけれど。それでも体感としては、そんな事実を飲み込みきれていない様子だった。

「それで、その」

と、彼は顔を上げ、わたしに尋ねる。

「今日は……なんでここに？　どうして、俺を呼び出したんだよ？」

「……報告があってね」

そうだ、そろそろ本題に入った方がいいだろう。

彼をここに呼び出したわけ。

一体何を、彼に伝えたかったのか。

「わたしはね……」

そう前置きして、わたしは深春くんに笑いかけ――、

「やっと……自分がすべきことを見つけたんだ」

「わたしの力で、この世界にできることがあるって、気付いたんだ――」

＊

――なんとなく、予想はしていたんだ。

確かに、世界は滅びなかった。

辺りは一面灰に覆われたけれど、少なくない命も失われてしまったけれど。それでも……今も人々は必死で生きている。少しずつ、希望だって見いだしはじめている。

それでも――尾道《おのみち》だけなんじゃないのか。

そんな風に安心しているのは、俺の周囲の半径一キロだけ。ごく限られた地域だけで、その外ではもっと悲惨なことが起きているんじゃないか。

目も当てられないような地獄が、そこにあるんじゃないか――。

そして、そんな世界に対して――、

「やっと……自分がすべきことを見つけたんだ」

日和は、ほっとしたような顔でそう言う。

「わたしの力で、この世界にできることがあるって、気付いたんだ――」

これまで、ほとんど見ることのなかった安堵《あんど》の表情。

希望の光を点《とも》した、彼女の目――。

「そ、そうなんだ……」

俺は、そううなずくので精一杯だった。

――不穏な予感がしていた。

何か彼女が、とんでもないことを考えているという強い確信があった。

日和の持つ能力は『お願い』だ。彼女が願えば、誰もそれを断ることはできない。人の気持ちを自在に操れる、人智《じんち》を超えた能力――。

けれど……それで今、できること？

この世界で、するべきこと？　それは、一体……。

こちらに背を向け、窓の外を眺める日和。

そして彼女は――、

「――深春くん、頃橋深春くん」

――俺の名を呼ぶ。

「終わるはずの世界が、終わらなかった。今もこうして、ずるずる続いている。けどね……わたしの力、ずいぶん強くなったの。地球の果てまで届く。すべての人に、願いを遵守させられる」

――予感は、戦慄に変わりつつあった。

希望を歌うような日和の声。彼女の言葉が、少しずつ浮き彫りにしていく意思――。

「だから……決めました。最後のお願い」

こちらを振り返り、彼女は言う。

「――みんなを、人類を滅ぼします」

「――すべての人の命を、ここで終わりにします」

――気付けば、身体《からだ》中の力が抜けていた。

立っていることができなくて、俺はその場にへたり込む。

「……冗談だろ？」

縋《すが》るような気持ちで、俺は彼女に尋ねる。

「……全部それ……嘘《うそ》なんだろ？」

悪い夢だと思いたかった。

彼女が言っていること。それを、他でもない日和が口にしていること。

そのすべてが、何かの間違いだと思いたかった。

けれど、

「……そう、思うんだね」

日和は、寂しげにほほえむ。

「ごめん、本気なんだ」

その言葉で、声色でどうしようもなく理解する。

これは現実だ。今、目の前にいる日和は。かつての俺の恋人は、自分の決意を真摯に俺に伝えているだけ――。

そして――彼女は可憐《かれん》な笑みで。

神様に祈るような声で、俺にこう言った。

「——わたしはこの世界を、終わらせることにしたの」

——どうして、こんなことになったのだろう。

——どこで間違えた？　どこかで引き返すことができたのか？

日和の考える理屈は、理解できていると思う。

これ以上人類の苦しみが続くなら、いっそここで終わらせるべき。そう考えているんだろう。

つまり——彼女はすべてのヒトの介錯《かいしゃく》を買って出ている。

そして——実際に、それができてしまう。

「まあ、今すぐってわけにもいかないんだけどねえ……」

残念そうに眉を寄せ、日和は言う。

「さすがに、その規模のお願いをするにはわたしにも準備が必要で……。だから、実際にできるのは、明日の夕方とか？　それくらいになると思うの」

——明日の夕方。

あとたった一日で、人類は滅びるのか……？

「……だから、よければ一緒にいてね？」

日和は、緊張気味の表情で首をかしげる。

「手順も状況も予想外だけど……それがわたしたちの最後になるから。だから、約束。守ってくれるとうれしいです……」

……そこまで聞いて。

言っていることとちぐはぐに、軽い口調の日和の声を聞いて。ようやく――自分の思考が回りはじめる。

この状況を前に、ようやく自分自身の意思が頭をもたげる。

「……いや、ちょっと待てよ」

咳払《せきばら》いして、俺はそう口に出した。

立ち上がり、まっすぐに日和と向かい合う。

そして――、

「……おかしいだろ、滅ぼすとか」

はっきりと、彼女に言い切る。

「そりゃ……世界中で大変なことが起きてるのかもしれないけど。色んなところで、辛《つら》いことが起きまくってるのかもしれないけど……。だけど、だからって滅ぼすなんて、本末転倒だろ。やめろよ、そんなこと……」

――皆、生きるためにそうしているんだ。

今もきっと人々は、生き続けたいと願って日々を耐え忍んでいる。

その苦痛から救うために滅ぼす？　そんなの、全く筋が通っていない。

けれど、

「うーん……」

日和は、どう説明しよう、と言いたげな顔で口元に手を当て、

「……まあでも、そうだよね」

子供の失敗を慰める母の顔で、俺に言う。

「そう思うよね、尾道《おのみち》にいたら……。実際に、苦しんでる人の姿を見なかったら……」

――響いていない。

俺の言葉は、全く日和の意思に届いていない――。

……確かに、俺はあまりに無知なんだろう。

絶望的な気分で、そう自覚する。

こんな世の中で飢えに苦しんだことも、家族を失ったこともない。

偶然にも、不幸を退けることができすぎている。

あるいは――それすら偶然ではなく、日和のお膳立てのおかげなのかもしれない。

「……じゃあたとえば、深春くんは」

黙り込む俺の顔を、日和が覗《のぞ》き込《こ》む。

「どんなに苦しい状況におかれても、それでも生きている方がマシだって思う？」

「……それは……」

即答は、できなかった。

そんな俺に、日和は言葉を続ける。

「身体《からだ》中に大きなケガを負って、耐えがたい苦痛の中治療する方法もなくて。近いうちに死んでしまうことがわかっていても、それでもできるだけ長く生きたいって思う？」

俺は言葉を返せない。

「大切な人が、目の前で犯されて殺されて、そんなことが立て続けに何度も起きても、それでもこの世界にいたいって思える？」

俺は言葉を返せない。

「この先の人生にあるのが苦痛だけで、幸福なんて一つもないとわかっていても、生きていたいと思える？」

俺は言葉を返せない。

そして、日和は小さく首をかしげ、

「それでも——世界がこのままで良《い》いって思える？」

……言葉を失った。

何も答えを返せなくて、沈黙が辺りに降りる。

納得がいったんじゃない。反論がないわけじゃない。

シンプルに——わからなかった。

その前提は、俺の想像の範囲を大きく超えてしまっていた。

はいともいいえとも、今の俺には答えられない。

そして……そのことが、酷《ひど》く悔しかった。

日和のしようとしていることは、絶対に間違っている。その考えは変わらない。なんとかして止めなければならないし、それができるのは俺だけだ——。

——なのに。

日和が見てきたもの。この世界の本当のありよう。俺はそれを知らない。

彼女と同じ目線で、話をすることができない。

それが——どうしようもなくもどかしく、歯がゆい。

……だから、

「……そうだ」

俺はふいに、思い付いてしまった。

それを解決する方法。

日和に並び立つ手段を……一つだけ、思い付いてしまった。

「……見せてくれよ」

俺は、日和にそう言う。

「その経験を、俺に味わわせてほしい……」

「……どういうこと？」

理解できなかった様子で、日和は眉を寄せる。

「経験を、味わわせてほしい……？」

「……俺は、本当に何も知らないんだ」

一度唇を嚙《か》みしめ、俺は日和に吐露する。

「尾道《おのみち》にずっといて、家族もみんな無事で……この世界の人が味わったような苦痛を、ほとんど経験してない。日和が見てきたような景色を、一度も目にしたことがないんだ」

声に出さずに、日和はうんとうなずく。

「つまり……日和がしようとしていることが、どういうことなのか。それがどんな意味を持つのか、きっときちんとわかっていない。だから――」

言って――俺は日和に乞う。

「――俺に、経験させてほしい。『お願い』で、この世界で起きている不幸を、現実の出来事みたいに体験させてほしいんだ」

——そんなことが、できるはずなのだ。

日和の『お願い』は『人の意識』に大きく介入することができる。

結果として、その対象が命を失うことが明白であっても、相手を操作することができる。

だとしたら——俺に、脳内でその経験をさせることだって、できるはずだ。

そうすれば、俺は日和と対等の立場で、彼女の考えに意見をすることができる。

——けれど、

「……嫌だよ」

眉をひそめたままで、日和は言う。

「本当に、それは……とても苦しいことなんだよ。それを深春くんに味わってほしくなくて、頑張ってきたっていうのもあるし……」

それまでとは打って変わって、酷《ひど》く辛《つら》そうな日和の声。

「だから……嫌だ」

……きっと、日和の言う通りなんだろう。

それを経験してしまえば、きっと以前の俺のままではいられない。

苦痛を覚えることや不幸になることはあっても、それを通じて幸福になることなんてないんだろう。

怖くないと言えば嘘《うそ》になる。脚はがくがくと震えていたし、喉もからからだ。受けるダメージを想像すれば、涙までこぼれそうになる。

それでも、

「……頼むよ、日和」

俺は、もう一度日和に願う。

「俺は、ちゃんと日和の隣に並び立ちたい。そういう自分で、日和のすることを理解したい。だから、お願いだ……」

「……」

黙り込む日和。

澱《よど》むような沈黙が、しばし二人の間を流れる。

そして彼女は、ふうと息をついてから。

「……わかった」

決心した様子で、うなずいた。

「そうだね……うん。わかったよ、経験してもらうことにする。わたしが見てきたもの、この世界で起きていることを……」

「……そっか、ありがとう」

「まあでも、よく考えたら……」

そう言って、口元を緩める日和。

「やっぱり辛《つら》すぎる、ってなったら、『お願い』で忘れてもらえばいいんだし……。そうだ、そんなに思い詰めることなかったかな……」

――そのセリフに。

日和が何気なくこぼしたセリフに、俺はとある『引っかかり』を覚える。


「――『お願い』で忘れてもらえばいいんだし」


それは……その発言は……。もしかして、日和……『あの件』を、忘れてるのか？

とはいえ、今はそれを掘り下げるタイミングじゃない。

俺は大きく深呼吸し、意識をクリアにしてから、

「じゃあ……頼むよ」

俺は日和にそう言う。

日和も覚悟が決まった様子で、

「……うん、わかった」

こくりとうなずき、俺の前に立つ。そして――彼女は願った。

「――わたしが見てきた景色を。頭の中で、体験してください――」

第5話 ―― 際限なく続く敗北

──繰り返し、尊厳が奪われていた。

誰かの恋人や友人が。

妻や夫が。

子供や孫が。

繰り返し犯され、殺され、命を落としていった。

＊

灰の積もった中、ギリギリで生き延びていた家族。

お互いに食料を分け合い、身を寄せ合って生きてきた彼ら。

こんな状況でも、それでもせめて人間性を失わずにいたのに──。

ある日、ならず者の集団が現れる。

彼らは懇願する父親を殺し、家族の食料を奪う。

泣き崩れる母親を子供の目の前で犯し、結局彼女の命も奪う。

そのうえ、彼らは最後に。もはや泣くこともできなくなった子供に歩み寄り──。

＊

避難途中の土砂崩れに、恋人が巻き込まれる。
繋《つな》いでいた手が、圧倒的な重量で離れてしまう。
愛おしかったその顔が、腕が、脚が、胸が、岩石に否応《いやおう》なくすりつぶされていく。
真っ暗な岩肌に、時折飛び散る赤い液体と白い肉片。
最後に見つかるのは。
以前の可憐《かれん》な姿を想像できないほど、無残に損傷した遺体――。

＊

目の前で、飢えた弟が横たわっている。
かつてその顔に浮かんでいた笑みの明るさは消え、皮と骨だけになった顔。
絶望する力も残されず、ただその手で兄の指を握っている。
けれど――その手も徐々に緩み。
ふっと消えるように、幼い命も尽きてしまう――。

＊

そんな景色が——繰り返されていた。

俺自身の経験として。

頃橋深春《ころはしみはる》の体験として、脳内で何度も再生されていた。

そして——すべてが、身近な人に置き換わっていた。

日和《ひより》の見てきた景色。その中で失われてきた命。

それがすべて、俺の大切な誰かに置き換わっている——。

殺される若い頃の父さん。犯される同じ年頃の母さん。それを俺の隣で見ている卜部《うらべ》——。

土砂崩れに巻き込まれる日和。岩陰で見つけた、その無残な遺体——。

力なく横たわり、飢えで命を失う凜太《りんた》。

——これまで、味わったことのない絶望。

世界に対する——失望。

体験は、際限なく繰り返される——。

＊

紛争地帯、友人が過激派組織にさらわれる。

監禁され性奴隷として扱われ、望まない形で子供を宿す友人――。

＊

亡命のため、川を泳いで渡る恋人同士。

深みにはまり、男性が溺れる。それを助けようとした女性も巻き添えになり、冷たく暗い川の底に沈んでいく。

＊

――虐待される、幼い俺。

一番の愛情をくれるはずの親に暴力を振るわれ、身体《からだ》中に傷を作られ、食べ物も与えられず――。

――なぜ生まれてきたのだろうと。
何のために、自分は存在したのだろうと絶望しながら、徐々に衰弱し、短い生涯を終える
――。

＊＊＊

――無限にも思える時間だった。

生まれてからこれまでの、十八年間。

それよりもずっと長く感じられる時間、この世界の「事実」が繰り返されていた。

そして――そんな時間の果て。

「……深春、くん？」

目を開けると――誰かがいる。

酷《ひど》くぼやけた視界。くぐもって聞こえる声――。

「……ねえ、深春くん。深春くん！」

意識の靄《もや》が、徐々に晴れていく。

そして……少しずつ、理解する。

尾道《おのみち》――夕方。

学校、教室――。

窓の外はすでに日が沈みはじめ、ところどころ、許可された建物にだけ灯《あか》りが宿っている。

そして――日和。

「……ゲホッ！　グハッ！」

肺の奥から、咳《せき》がこみ上げた。

口の中に広がる胃酸の味……どうやら、いつの間にか嘔吐《おうと》していたらしい。

舌の上に残る吐瀉物《としゃぶつ》の感触と、鼻をつく鉄くさい匂い……。気付けば、服の胸元が血で真っ赤に染まっている。鼻の下を拳で擦ると、そこにも血がべとりとついた。

「大、丈夫……？」

彼女が――気遣わしげに俺の顔を覗《のぞ》き込《こ》んだ。

「全部、終わったんだけど……本当に、苦しそうだったから……」

子供みたいに大きな瞳。不安げに寄せられた眉。ちょっと日焼けした白い頬。

……まず、ああ、生きているんだ、と思った。

体験の繰り返しの中で、日和は何度も何度も命を落とした。

百回や二百回では、おそらくきかない。それだけの回数、俺の前で死んでいった日和――。

そんな彼女が、生きている――。

「……」

——良かった、とは決して思わなかった。

今まで見ていたのが夢で、現実には彼女が生きていて良かった。

そんな風には——決して思えなかった。

酷《ひど》い頭痛がする。もしかしたら、追体験中に倒れ、どこかにぶつけたのかもしれない。

それでも——思考はどこまでもクリアで。

むしろ、これまでなかったほどに冴《さ》え渡《わた》っていて——、

「……そっか、わかったよ」

俺は、小さくそうつぶやく。

「日和の、言ってることの意味……」

——ようやく、並び立ったのだと思う。

これまで、俺は日和のことがわからずにいた。

日を追うごとに、どんどんわからなくなっていった。

なぜあんな悲しい顔をするのか。感情の見えない笑い方をするのか。

どうすればそうなるのかわからなかったし、そのことに恐怖さえ覚えていた。

けれど——今ならわかる。

彼女がそんな風に変わった理由が、何を考えていたのかが手に取るようにわかる——。

——不条理。

世界は不条理だ。

人間の願いなんて関係なく世界は回っている。

どれだけ願っても、どれだけ善人であっても、どれだけ無垢《むく》であっても意味はない。

そんなこと、世界にとって全くもって価値がない。

頑張れば報われるだとか、因果応報だとか、念ずれば通ずとか、そういうものはすべて幻想だ。

人間がそうあってほしいと願っただけの——偽物《にせもの》の天国だ。

災害で失われる幼い命。そこに一体、どんな因果があると言うのだろう。

そんな目に遭わなければならない何かを、してきたとでも言うのだろうか。

——それでも。

そんな嘘《うそ》を信じられるだけの社会を、人間は作り上げてきた。

嘘《うそ》が通用する箱庭を、必死で組み上げ守ってきた。

そして今——そんな社会は失われた。

人工の天国は消《き》え失《う》せてしまった。

あるのはただ、不条理な世界と剝《む》き出《だ》しの人間だけ——。

そのとき——俺たちは、どうすべきか。
どうすれば、俺たちの尊厳を守ることができるのか——。

「……日和の、言う通りだな」
俺は、こぼすように言う。
「それが一番、人間のためなんだな……」
——世界を正しく理解した今。
冷徹にすべてを認識した今。
彼女が言うことの意味が、ようやくわかった気がしていた。
世界は人を踏みにじり続ける。
ここからかつてのような繁栄を取り戻すのは、むずかしいだろう。
できるにしても、何十年何百年。あるいは、千年単位で時間がかかるのかもしれない。
そしてその間——すべての人は不条理に向き合い続ける。
俺が味わった経験を、繰り返し味わい続ける——。
世界中で際限なく失われ続ける、人々の尊厳——。

——だとしたら。

世界が俺たちを、そんな風に扱うとしたら——。

「——そんな世界、出ていってやればいいんだな」

——それが、尊厳ある人間の最後の選択だと思う。

永遠に続く苦痛を、自らの意思で終わらせる。

生きるということ自体が、根本的に生命にとってメリットのないことであるなら。際限なく続く敗北なのであれば。

それを——拒否する。


——自らの意思で、滅亡を選ぶ。


俺たちにできる唯一の選択が、それなんだ——。

「……深春、くん」

——日和の声が、震えてうわずる。

どうしたのだろう、とそちらを見ると、

「──深春くん!」

言いながら──彼女は俺に、抱きついてきた。

「うれしい……! わかってくれて、すごくうれしい……!」

俺の背中に手を回し、きつくきつく俺を抱きしめる日和。

その手が震えていて──俺は、彼女が泣いているのに気付く。

「……そうだよな」

俺も、彼女を抱きしめ返すとその背中を何度も撫《な》でた。

「そうだよな……日和も辛《つら》かったよな。こんなこと、ずっと一人で抱えて……」

──俺自身、理解できていなかったのだ。

彼氏のくせに。その隣に並び立ちたいと思っていたのに、俺自身は天国に浸り続けていた。

日和がひたすら世界そのものを見つめる間、俺はこの尾道《おのみち》の現実しか見てこなかった。

……どれだけ、寂しかっただろう。

これまで一人、こんな世界に向き合い続けた彼女はどれだけ孤独だっただろう。

けれど──、

「……でも、もうわかったから」

身体《からだ》を離し──まっすぐ彼女と向かい合う。

「今はもう……日和の隣にいるから。ごめんな、寂しい思いさせて……」

「……ううん」

溜《た》まっていた涙を拭い、日和は首を振る。

「そんな風に言ってもらえただけで、わたしは十分だよ……。わたしがすることに、賛成してくれるだけで……」

「そっか……」

「それで……あの。そのときには、できれば一緒にいたいんだけど……」

そこで、もう一度窺《うかが》う顔になり、日和は言う。

「最後のときは、深春くんと過ごしたいんだけど……いいかな？」

「もちろんだよ」

はっきりと、俺はうなずいてみせる。

「俺も……日和の選択を、一緒に持ちたい。二人で選んだって思いたいんだ。だから……うん、そばにいるよ」

――彼氏として。

あるいは――事実を知った一人の人間として。

その選択を、日和一人に背負わせるべきじゃないと思った。

だから、最後までそばにいよう。責任を負おうと、俺は思う。

「……ううう～……」

日和が、情けない声と同時に涙をぼろぼろこぼす。

「うれしい……ありがとう深春くん。本当に、大好き……」

「そう思ってもらえるなら、良かったよ」

「はあ……好きになった相手が、深春くんで良かった……。それでね」

と、もう一度日和は涙を拭い、

「世界全体にお願いできるようになるのは——明日の、ちょうど日没近くの時間だよ。それまでに、色々準備を済ませて合流するようにしよう」

「うん。わかった、そうしよう」

そのときまでに、できるだけたくさんの知り合いに会っておこうと思う。

大橋《おおはし》、橋本《はしもと》。天童《てんどう》さんの顔も見に行きたい。

両親にも別れの挨拶をしたいし、卜部、凛太にも感謝を伝えたい。

そのうえで——最後を迎えたいと思う。

「で、場所なんだけど……」

そう言うと、日和はくすぐったそうに笑い、

「あの……ポンポン岩で、どうかな……」

「……ああ、なるほど」

言われて、納得する。

この尾道《おのみち》にある、ちょっとした観光名所。町全体が見渡せる、ポンポン岩――。

土砂崩れが多発し地形が変わったこの町だけど、ポンポン岩は現在も昔のままの姿なことは、なんとなく話に聞いていた。

最後のときを過ごすなら、ああいう見晴らしの良《い》い場所がいいのかもしれない。

それになにより――あの場所は。


日和が、俺に告白をしてくれた場所なんだ――。

「……いいね、そうするか」


うなずくと、日和の顔にぱっと笑みが咲く。

「あそこにしよう。ポンポン岩に、日の沈む前に集合で」

「……うん」

こくりと、日和はうなずいた。

「じゃあ……それでよろしくね、深春くん」

――そう言う日和の表情は、かつての彼女を思い出させて。

まだ付き合ってすぐの頃、ここまで世界がめちゃくちゃになる前の日和と同じものに思えて。

俺は改めて——自分がした選択が、正しかったんだと確信する。

第6話 惑星の夜

——学校を出て、日和《ひより》を送り。

俺は現在暮らしている家までの道を、一人で歩いていた。

灰が避けられた薄暗い夜道。遠くに電灯のついている建物——診療所や自治組織の支部は見えるけれど、この辺りは住居がほとんどで。灯《あか》りが見えるにしても、それは古いランプや蠟燭《ろうそく》など、淡く心許《こころもと》ないものばかりだった。

——明日、世界は終わる。

こうして繰り返されてきた営みが、消えてなくなる。

今の俺には——それが純粋に、救いに思えた。

日和の『お願い』で、経験した無数の悲劇。

それを思えば、皆で一斉に消えることができるのは、彼女の言う通り『救済』だ。

……もしかしたら、そのために。

日和は、世界にそんな終わりをもたらすために、『お願い』の力を授かったのかもしれないとさえ思う。

だとしたら……、

「……ふふ、ふふふ」

後押しができて、良かったと思う。

俺は彼氏として、日和のやることを肯定することができた。

……そのために、生まれたのかもしれない。日和が人類を終わらせるため生まれたように、俺もそんな彼女を支えるため、この世に生まれたのかもしれない。

そんなことを、思っていた。

「——深春《みはる》？」

声が聞こえた。

「……やっぱり深春だ。どこ行ってたの、こんな遅くまで……」

見れば——卜部《うらべ》だった。

いつの間にか、到着していた俺たちの家。

その前で、卜部が気遣わしげな顔でこちらを見ている。

「……あ、ああ」

なんとなく——その姿に妙な感覚を覚えて。

夢から覚めて、唐突に現実に戻されたような不思議な気分になって、

「ごめん……ちょっと……用事があって」

と、かすれた声で俺は答えた。

もしかしたら、待ってくれていたのかもしれない。

今日は、いつもよりもずいぶん帰りが遅くなってしまった。そんな俺を心配して、卜部は俺を待ってくれていたのかも——、

「……ん⁉」

ふいに——卜部が驚きの声を上げる。

「深春……どうしたの⁉」

「……どうしたって、何が？」

妙にドキリとしながら尋ね返すと——、

「鼻血のあと……それに、吐いた？　顔色も酷《ひど》い……」

そう言って、卜部はこちらを覗《のぞ》き込《こ》む。

「……うん。やっぱりすごい顔してるよ……。暗かったから、最初わかんなかったけど……」

言われて、頬に手をやってみる。酷《ひど》く冷たかった。

そのまま口元や鼻を触って、自分が完全な無表情であることにも気付く。

眉間にしわを寄せ、じっとこちらを見る卜部。

「ちょっと、貸して」

言いながら、彼女は俺の手を取り——、

「——冷たっ！」

——珍しく、大声を上げた。

「いやちょっと待って、マジで変だよ深春」

……慌てていた。

卜部が、俺の様子に慌てていた。

……こんな彼女を見るなんて、いつぶりだろう。

むしろ、俺のせいでここまで取り乱すなんて、初めてじゃないだろうか。

「……別に、どうもしない」

本当のことを言うわけにもいかなくて、歯切れ悪く俺は答える。

「普通だよ。いつも通り……」

「そんなわけないでしょ」

短くそう言い放って、じっとこちらを見る卜部。

証拠品を検分する警官のような目つき。

そして彼女は――、

「……悲しいことが、あったの？」

俺に、そう尋ねる。

「深春……すごく辛《つら》そう。何か、酷《ひど》い目に遭ったの……？」

――悲しいこと。

――酷《ひど》い目。

確かに、その通りなんだろう。

俺はとても悲しい思いをした。酷《ひど》い目に遭った。

ただそれは、俺が現実から目を逸《そ》らしていたから今まで知らずにいただけのことで、今の俺が不幸なのではなく、今までの俺が幸福すぎただけなんだろうと思う。

そんなことを考えていると、

「……ちょっと待ってて」

そう言って、卜部はきびすを返す。

「お父さんとお母さんに、話してくる」

家に入り、何やら台所へ小走りで向かう音。

中から聞こえている、卜部と誰かの会話。

そして、話が終わると彼女は小走りで玄関を出てきて、

「……よし、行こう」

言って——俺の手を握る。

「行くって……どこに？」

「前の、深春の家」

「え。な、何をしに？」

尋ねる間も——卜部はずんずん歩きだす。

かつて俺が住んでいた家。坂道の途中にある、小さな家に向かって。

確かに、今もあの家は健在だ。

土砂崩れを恐れて今の家に避難はしたけれど、実際のところあの辺りの地盤はしっかりしているそうで、むしろ平地よりも安全かもしれないという話もあった。

けれど——今さら、なんでそんなところに？

「今の深春……マジでヤバいよ」

端的に、卜部はそう言う。

「初めてだよ。そんな顔の深春見るの。だから、なんとかした方がいいと思う。気持ち切り替えて、すっきりした方がいいと思う」

「だとしても……なんで前の家に」

「あそこほら、ガスがちょっと残ってるから。お湯湧かせるんだよ」

「……あ、ああ」

「だから、久しぶりに熱いお風呂《ふろ》入った方がいいなって」

……確かに、そうだった。

前の家には都市ガスが通っておらず、プロパンガスを使用していた。

災害で避難したときには、まだボンベの中にガスが残っていたはず。今住んでいる家では、ガスを使うことはできないし、風呂《ふろ》に入るなら前の家に行くしかないかも……。

「ほら、夕飯も持ってきた」

言って、いつの間にか背負っていたリュックを揺らしてみせる卜部。

「だから、向こうで一緒に食べよう」

「……」

……なんで、そこまで？

そんなに俺、ヤバい顔をしていたのか……？

卜部の慌てようや意図が、いまいち飲み込みきれなくて。

俺は、なんとなく納得いかない気持ちのままで彼女に引かれて歩いていた。

*

——何の意味があるんだろう。

卜部が湧かしてくれたお湯に浸《つ》かり。俺は一人、そんなことを考えていた。

電気もつかず、ほとんど真っ暗の風呂場《ふろば》の中。脚も伸ばせない小さな浴槽。

それでも確かに——久しぶりの湯船は、気持ちよかった。

日和と二人暮らししていたとき以来になるのか。こんなに熱いお湯に、ゆっくりと浸《つ》かることができるのは……。

灰に覆われた街で暮らして、肉体労働をすることも少なくなくて。そんな日々を過ごしている中、久しぶりに入浴できるのには、えも言われぬ心地よさを感じる。

——けれど。

どうせ、明日には終わるのだ。明日には皆死んでしまう。

なのに、こんなことをして、一体何の意味があるんだろう。

「——深春ー！」

風呂場《ふろば》の外。

脱衣所から、卜部の声がする。

「このあとわたしも入るから、お湯抜かないでおいてー」

「……お、おう。わかった」

……まあ、そうか。せっかく湧かしたし、卜部も入りたいか。

そんなことを考えていると、

「あと、寝間着もここに置いておくー」

卜部が言葉を続ける。

「今夜は、この家に泊まろう」

……この家に？　今夜、泊まる？

一瞬、動揺しかけるけれど……一晩二人だけで過ごすことに、小さく戸惑うけれど。

でも、考えてみれば今からあちらの家に帰るわけにもいかないか……。

外真っ暗だし、坂道も、以前に比べてずいぶん荒れてるし……。

そんな風に自分を納得させると、

「……おう、わかった」

そう答えて、俺は改めて湯船に肩まで浸《つ》かった――。

*

――布団《ふとん》が敷かれていた。

かつての、俺が暮らしていた部屋。二階にある小さな三畳間に、卜部が布団《ふとん》を敷いてくれていた。そして、傍《かたわ》らに置かれている手回し充電タイプの小さなランプ――。

軽く食事を取ったあと、敷《し》き布団《ぶとん》に座って俺は辺りを見回す。

「……なんだか、懐《なつ》かしいな」

最後にこの部屋を出たのは、もう何ヶ月も前のことだ。

小学生の頃にあてがわれ、以来毎日を過ごしてきた部屋。

しばらく留守にしていたせいか、ちょっとよそよそしく見えるかもしれない。埃《ほこり》っぽい匂いはするし、布団《ふとん》も湿り気味かもしれない。それでも、一晩明かすことは問題なくできると思う。

それに――なぜだろう。

これが、俺にとって最後の夜になる。

人生最後の眠りになる。

それを、生まれ育ったこの部屋で――というのは、悪くない選択である気がした。

卜部は、きっと一階で寝るんだろう。避難する前に俺の母親と暮らしていた、ここより少し広い寝室。

いまいち意図はわからなかったけれど、寝る前に最後に礼を言っておこう。

きっと、彼女なりに気を遣って、俺にこうしてくれたのだろうし……。

けれど、そんな俺の予想に反して、

「――ふう、やっぱり気持ちいいね」

風呂上《ふろあ》がり――卜部は濡《ぬ》れ髪《がみ》のまま俺の部屋にやってくる。

「前みたいに、毎日入れるといいんだけどなー」

「お、おう。そうだな……」

ランプの薄明かりの中。上気したその肌の色に動揺しながら、俺はそう答える。

かすかに香る、石鹸《せっけん》の匂い……。

別に、風呂上《ふろあ》がりの卜部なんてこれまでも毎日目にしてきた。部屋着で無防備な姿だってずいぶん見慣れた。見えてはいけない部分が見えそうになったことだって、何度となくある。

それでも……この狭い部屋に二人きり。周りに誰もいない状況となると、妙に緊張感を覚えてしまう。

何だろ……。

なんで俺、今さらこんな……。

「ていうか、何しに来たんだよ……？」

そんな動揺を悟られたくなくて、俺は彼女に尋ねた。

「なんか、話でもあるのかよ……」

「え、ううん」

言って、彼女は首を振り、

「普通に、寝に来ただけだけど……」

「……え、卜部、ここで寝るの？」

「うん」

「……俺も、ここで寝るんだけど」

「うん」

何食わぬ顔でうなずく卜部。

その意図が全く読めなくて、

「……マジか」

そんなマヌケな言葉が口からこぼれ出た。

「マジだよ」

「……そっか」

――それ以上、何か言うのもおかしい気がして。

俺が変に意識してるだけなのか？　別にこれくらい普通なのか？　という気もして。

俺はそこで、一度素直に引き下がることにする。

卜部の表情は――暗闇に隠れてよく見えなかった。

＊

「……懐《なつ》かしいね、この感じ」

小さな布団《ふとん》に二人、横になり。

肩を寄せ合うようにして目をつぶると、卜部がふいにそう言った。

「小さい頃は、よくこうやって二人で寝たよね」

「あ、ああ……そうだったな……」

暗闇の中。外から響く虫の声や、木々のざわめきを聞きながら、俺は当時のことを思い出す。

確かに、小さい頃の俺たちはよく一緒に昼寝をしていた。

遊び疲れて眠るときはいつも同じ布団《ふとん》だったし、考えてみれば小学校中学年くらいまではそんな風にしていた記憶がある。

「こういうのも悪くないね、二人っきりで寝るのも」

「……そう、かもな」

確かに――不思議と居心地がいいのだった。

女子と添い寝なんて、緊張しそうなものだけど。実際緊張もしているし、ドキドキもしているのだけど。それと同時に、俺はなぜか心が安らぐのを感じていた。

日和に見せてもらった、この世界の姿。あれ以来乾いて固まっていた何かが、柔らかにほぐされるような感覚――。

「まあ、さすがにお互いデカくなりすぎたけどね……」

そう言って、卜部が笑う。

「わたし、半分くらい布団《ふとん》はみ出してるんだけど……」

「俺もだよ。ちょっとさみーんだけど」

言って、俺も笑い返した。

それでふと――自分は、今もこんなことに笑えるのだと気が付いて、小さく驚いた。

「まあもう、十八だもんねえ……」

言って――卜部は何やらもぞもぞと身体《からだ》を動かしはじめる。

「法律的にも、結婚できる年齢だし……」

「まあ、そう……だな……」

「うちの母親、二十歳のときにわたし生んでるからさ。今のわたしと、一歳しか違わないんだよね……」

……言いながら、もぞもぞと動き続けている卜部。
ようやく、俺も彼女が何をしているのか理解する。
身体《からだ》を起こし——俺の隣に座る卜部。
——彼女は、服を着ていなかった。
寝間着をすべて脱ぎ捨てて、一糸まとわない姿で俺の隣に座っていた。
「ねえ、深春」
そして——ごく自然なことのように。
そうなるのが当然であるように、彼女は俺に言う。
「——子供作ろう」
そのとき、窓の外に月が出る。
かすかに晴れた灰の雲の合間。

柔らかい光に、卜部の身体《からだ》が照らされる──。

「夫婦になって、いっぱい子供作って、みんなで暮らそう」


まっすぐ俺を向く、卜部の視線。

猫のような切れ長の目。彫像のように通った鼻筋。

凛々《りり》しく薄い唇と、新雪を思わせる白い頬。

真剣に、俺に向き合うその表情──。

それで、卜部が本気でそう言っているのだと理解する。冗談を言うでもからかうでもなく、卜部は俺に「それ」を提案している。

自然と、視線が彼女の身体《からだ》に引きつけられた。

細いあごから繋《つな》がる、繊細な首筋。柔らかく丸い肩と、ほっそりした二の腕。

胸元はつつましやかながらもはっきりと膨らんでいて、それを正面から見てしまったことに小さく罪悪感を覚える。

胸元から続く引き締まったウエストと、小さなへそ。その先の下腹部──。

──動揺していた。

予想もしていなかった卜部の言葉に。

そして、目の前にある卜部の身体《からだ》に──酷《ひど》く動揺していた。

心臓が俺の中で大暴れをはじめる。全身に汗が噴き出して、呼吸が荒くなる。

──子供を作る。夫婦になる。

つまりそれは──身体《からだ》を重ねようという提案で。

お互いを慈《いつく》しみ合《あ》おうという彼女からの提案で。

本能的に。理性とは全く別の、理屈外の感情として、俺はそれに強い魅力を感じてしまう。

……正直に言えば、彼女からの好意を感じることはあった。

卜部はもしかして、俺のことを好きなのかもしれないと思うことは、何度もあった。

古くは小学生の頃から、卜部はあきらかに俺を特別扱いしていた。男子と女子に距離ができるあの年代特有の時期だって、例外的に俺だけとは親しくしていた。

その距離感は、中学になっても変わらず、むしろ彼女が毎日一緒に登下校するのを希望した。

高校でだって、卜部は変な噂《うわさ》を立てられても俺のそばにいようとしたし──日和と付き合いはじめたときには。俺に初めての彼女ができたときには、こちらから見てもあからさまなほどに動揺していた。

……けれど、

「……なんで？」

俺は、卜部にそう尋ねる。

「なんで、そんな……急に……」

いきなり子供を作ろうなんて、一足飛びにもほどがある。

恋愛なんてだいたいの場合手順がある。

少しずつ仲良くなった上でお互いの気持ちを確認して、その上で両者同意が取れれば初めて身体《からだ》の関係になる。さらにその上で……結婚が前提だったりそうじゃなかったり、様々な条件の下でそれぞれのカップルが子供を作ろうという考えに至る。

なのに……いきなりだ。

卜部はあまりにも、唐突すぎる。

まだ俺は、卜部が俺のことをどう思っているかすら聞かされていない。

「……んー」

裸のままで。

その身体《からだ》を隠すこともなく、卜部は考える顔になる。

反射的にその胸元を盗み見てしまって、俺はまた罪悪感を覚える。

剝《む》き出《だ》しの女子の胸を見るのは——一緒に暮らしていた時期の日和に続いて二人目だった。

——俺のこの態度は、日和に対して不誠実なのかもしれない。

「……わたしはね」

卜部は——はっきりとした声で俺に言う。

「当たり前に、こうなるって思ってた。小さい頃からずっとそうだよ、いつかわたしたちは、結ばれて結婚して、家族になる。子供もいっぱいできるって思ってた。今もそう」

「……そう、だったのかよ」

信じられなかった。

卜部がそんな風に思っているなんて、一ミリも気付いていなかった……。

「うん。それこそさ、最初に深春が日和と付き合いだしたときにはびっくりしたけど。深春たちが二人で暮らすって決めたときにも、まあ色々思うところもあったけど。うん、でもそれでも変わらなかった。最後に深春と一緒になるのはわたしだって、今も思ってる」

——最後に一緒になるのはわたし。

これまで、俺と日和の仲を後押ししてくれたこともあった卜部。応援して、発破をかけてくれたこともあった卜部——。

なのに、そんな風に……。

俺のことを、そんな……。

と、卜部は「あ」と気付いたような声を上げ、

「ていうか、もう日和とそうなってる？」

直截に、そんな風に尋ねてくる。

「一緒に暮らしてた時期、相当したでしょ？　セックス。もう、子供できてたりする？」

「いや、してねえよ！　別にそんな……」

——あけすけな物言いだった。

そんなに直球で単語を出されてしまうと、慣れていないこちらとしてはそれだけでぶわっと体温が上がってしまう。

「え、マジで？　三ヶ月も二人っきりで、一回もしてないの？」

「まあそりゃ、色々したはしたけど……最後までは、一回も……」

「うわー、信じらんない……」

本気で驚いた様子で、卜部はそう言う。

「わたしが深春と同じ状況になったら、毎晩すると思うけど。日和かわいそー」

「い、いやちょっと待てよ！」

耳を疑うその発言に、俺は思わず話を遮る。

「なんか、その……お前、俺にそういう感情があったのかよ。その……恋愛感情というか……」

——そうだ、そこが問題だ。

そうなるって思ってただとか、自分ならするとか。その前段階としてそこを知りたい。

卜部は——俺を好きなのか。

普通に幼なじみとして暮らしてきたけど、恋愛感情があったのか。

「……あー、んー……」

なぜかもう一度、考え込む卜部。

何だよ、そこは普通にイエスじゃあないのかよ……。

彼女は短く間を空けてから、

「えっとね……もう、夫婦って認識なのかも」

「……夫婦？」

「うん。確かに、小学校の頃とかは深春のこと考えると苦しくなって、とかあったけど、今はもう別にそういうのはないよ。ただ、誰より大切に思ってる。誰より大切にできる自信もあるし、大切にされる自信もある。あと、相性も良《い》いと思うよ。性格も身体《からだ》も」

「……か、身体《からだ》って」

「だからこそ、日和が彼女になっても、わたしそこまで辛《つら》くなかったんだと思う。わたしの中で、もうわたしたちは夫婦みたいな感覚だったから。つまり――」

言うと――卜部はその顔に自信の笑みを浮かべ、

「どう考えても――わたしの方が、深春にふさわしい」

はっきりと、そう言い切った。

凜《りん》とした、美しい表情だった。

「だから、わたしも応援できたんだよ。大事なのは二人がどうこうじゃなくて、深春がちゃんと、深春らしくいてくれることだと思ったから。いつかわたしのところに来るときに、ちゃんと深春でいてくれればいいから。……で、ああ、そうだね。わたしが深春をどう思ってるか」

そこで、卜部は咳払《せきばら》いし。

俺を見て、はっきり言う。


「――愛してるよ、深春」

その一撃で、思考がオーバーヒートする。

「深春のことを、幸せにしたいと思ってる。それが、わたしにはできると信じてる。ああもちろん、普通に男子としていいなとも思ってるよ。セックスしたいなって割とずっと思ってた」

身体《からだ》中が、もう一度熱を帯びていく。

「マジ、かよ……」

そこまでだとは、全く思っていなかった。

そりゃ、好かれている可能性は考えていたけれど、そこまではっきり欲望を向けられていたなんて……。

……そういうのは、男子ばかりが女子に向けるのだと勘違いしていた。

経験の足りない俺は、自分がそれを誰かに向けることはあっても、自分が向けられることはない気がしていた。

けれど──そんなことはなかったんだ。

その事実に、俺は今になって初めて、人間として卜部のことを理解できた気がする。

「ていうか、マジで子供ほしくない？」

なんだか愉快そうに卜部が言葉を続ける。

「ほら、小学校で教えはじめて、小《ち》っちゃい子たちと触れ合う機会ができたでしょ。あれさ、マジでかわいいなって思って。よその家の子供なのに、こんなに貴く感じるんだって本当にびっくりして。それで、思ったんだ。自分の子供が生まれたら、どれだけ幸せだろう。深春とわたしの子供が生まれてくれたら……なんだろ、それだけで、こう……」

言葉を探すように、眉間にしわを寄せる卜部。

そして彼女は──、

「──肯定できる」

思い付いた顔で、そう続ける。

「わたしは……自分とその子の人生全部を、肯定できる気がしたんだ」

——肯定。

その言葉に——何かを打ち抜かれた気がした。

日和にもらった『経験』を通じて底が抜けた俺の気持ちに、何かが芽生えた気がした。

「あとまあ、すごく気持ちいいんでしょ？　セックス。もう最近マジで娯楽ないしさ、深春もすごく辛《つら》そうっていうか、悩んでるみたいだし。二人で色々するだけで楽しいんだったら、Ｗｉｎ－Ｗｉｎだなって思って。やっぱり、楽しかったり気持ちよかったりは必要だよ」

そして——卜部は自信に満ちた顔で。

そうするのが正解であると、一ミリだって疑わない顔で、俺に言う。

「だから子供作ろうよ、深春」

——不思議な感覚が、背中を走り抜けていった。

日和によって、空っぽになった俺の中。

そこに何かが、少しずつ満たされていくような感覚。

それが——何なのかはわからない。

どんな変化が今、俺の中で起きているのか自分でもよくわからない。

それでも、

「……ありがとな、卜部」

俺は、卜部にそう言う。
「俺に……そんなこと話してくれて、ありがとう」
——そこから、自分だけの答えが見つかる気がしていた。
日和が見てきた景色、そこで知った世界の本当の姿。
そして——日和の決意。
それが間違いではない、という前提は変わらない。
世界は不条理で、なら人類はそこから退出した方がいい。
説得力のある話だと思う。少なくとも、今も否定は一切できない。
——それでも。
今、自分なりの考えが、頭の中に芽吹いた気がする。
不条理な世界の中でどうあるか。
その答えを、自分の姿勢を見いだせそうな気がした——。
……もしかしたらそれが、本当に必要なことだったんじゃないだろうか。
日和の隣に並び立つとき、必要なのは、俺自身の答えだったんじゃないだろうか——。
そんなことを考える俺に——、
「……じゃあ、しよう」
卜部が——覆《おお》い被《かぶ》さってくる。

「――⁉　え、ちょ、ちょっと待った！」

「……大丈夫だよ。初めてだけど、わたし多分へたじゃない気がする……」

「そ、そうじゃなくて……」

柔らかいその身体《からだ》に押し倒される。

手を掴《つか》まれ、彼女の胸に押しつけられる。

手の平に感じる、滑らかな膨らみ。片手にすっぽりと収まるほどの、それでも蠱惑的《こわくてき》な柔らかさ――。

一瞬、その心地よさに流されそうになりながらも――、

「……や、ちょっと待ってくれって！」

もう一度声を上げ――それで卜部が止まってくれる。

「……どうしたの？」

俺の上にまたがったまま、卜部は不思議そうに首をかしげる。

「なんか、不安になってきた？　するの、怖い？」

「いや、そうじゃなくて……」

「……子供、ほしくない？　深春も、子供好きなんじゃないかと思ってたんだけど……」

「そりゃ、子供は好きだけど！」

「じゃあしようよ。もしかして、わたしじゃ不満？」

不服そうに、卜部は眉を寄せてみせ、

「自分でも……結構な美人だって自信あるんだけど」

……そこには自覚があったのか。

実際まあ、なかなかいないレベルの美人ではあると思うけど。

ただ、俺が言いたいのはそういうことじゃなくて――、

「――好きな人が、いるんだよ」


――胸に痛みを覚えながら。

申し訳なさを感じながら、俺は卜部に打ちあける。

「今でも、俺は恋をしてるんだ……だから、卜部と急にこういうことは……できない」

「……ふうん」

ようやく、卜部は俺にかけていた体重を移動させ。俺の正面に膝を抱えて座る。

そして、つまらなそうに唇をとがらせ、

「……好きな人って、日和？」

「……うん」

「ていうか、今二人の関係ってどうなってんの？　付き合ってるの？」

「いや……付き合ってないとは、思うけど」

「じゃあ、しちゃえばいいんじゃない？」

言って、卜部は俺の顔を覗《のぞ》き込《こ》む。

「別に、浮気《うわき》ってことにもならないでしょ。子供できるかもわからないし、一回する分には損はないんじゃないの？」

卜部の言うことには、説得力があるのかもしれない。

別にここでしてしまったところで、浮気《うわき》だと責めることは日和にはできないだろう。

ここまでの状況を用意されたのだから、してしまってもいいのかもしれない。むしろ……正直に言えば。

——必死で我慢している。

もはや本能的に強い衝動を覚えているのを、なんとか理性で抑えこんでいる。

当たり前だろう。相手は美人で、強く俺のことを求めているんだ。十代の俺が、そこに引力を覚えるなという方が無理がある。客観的に見ても、そうだと思う。

それでも、

「……いや、やっぱりやめておく」

俺の気持ちは、もう決まっていた。

小さく笑って、俺は卜部に首を振ってみせる。

「ここまでさせたのに、本当にごめん。でも、卜部も本気だったと思うから、勢いとか軽い気持ちとかで答えたくないし。もう少し、ちゃんと考えたい」

「……そう」

ふう、と卜部は息を吐く。

そして……本当にしぶしぶ、といった様子で。今も内心は納得のいっていない様子で、

「ならまあ、わかった。今回はやめておく」

とつぶやいた。

「……わかったなら、服着てくれよ。色々見えてるから……」

「やだ、これは着ないまま寝る。深春の気が変わるかもしれないし」

「勘弁してくれよ……」

「……けど、そうだね」

と、卜部は俺の隣、布団《ふとん》の上に改めて横になり、

「……初めて、日和をうらやましいと思ったよ」

ため息交じりにそうつぶやいた。

「まだわたし、諦める気はないけど。やっぱり、深春にふさわしいのはわたしだと思うけど……。でも、うらやましい。深春にそこまで思われてるのは」

「……ごめんな」

彼女の隣に寝転びながら、俺は思わずそう謝った。

彼女の気持ちに応えられないことは、素直に申し訳ないと思う。

「ううん、いいんだよ」

言うと、卜部はこちらに顔を向け、

「だって――深春、わたしのことすごく好きでしょ？」

そんな風に、尋ねてきた。

「異性として、とかじゃなくて。人間として、わたしのことすごく好きでしょ」

「……うん」

「そのことは、知ってるから……」

――少しずつ、卜部の声にまどろみの色が混じる。

もしかしたら――彼女も疲れていたのかもしれない。

酷《ひど》い眠気の中、俺にあんな話をしてくれていたのかもしれない。

「だから……わたしは、もう少し待つことにするよ」

「……そっか」

つぶやいた俺の声が、真っ暗な天井に吸い込まれていく。

そして、

「ありがとな……」

その俺の言葉に、卜部は小さく寝息で応えたのだった。

＊

翌朝——。

「……あれ。いない」

卜部が、布団《ふとん》からいなくなっていた。

隣に寝ていた卜部の姿が、なくなっていた。

窓から差し込む朝の光。とはいえその明るさはずいぶんと心許《こころもと》ない。

灰に覆われた空から差す光は時折光量を大きく増減させるけれど、災害以前に比べるとやっぱりどうにも薄暗い。

そんな淡い光に照らされる、俺の部屋。

そこに、俺しかいなかった——。

「……え、あいつ……」

——一瞬、悪い想像が頭を駆け抜ける。

俺はあいつの提案を断ってしまった。気持ちを退けてしまった。

俺が同じ立場だったら、めちゃくちゃショックを受けると思う。卜部だって、きっと凹《へこ》んだだろう。

――何か、追い詰められてしまっていたら。

――思い詰めてしまっていたら。

布団《ふとん》から飛び起き、家中歩き回って彼女の姿を探す。

居間、台所、両親の部屋……。

「……おーい！　卜部ー！」

そんな風に声を上げてみるけれど――返事はない。

本当に、どこに行ってしまったんだ……。

……考えてみれば、今日人類は滅ぶのに。

俺が今どんなにあいつを心配しようと、日が沈む前には皆死んでしまうのに。

それでも……俺は卜部が気がかりで、不安でしょうがなくて、気付けば足取りも小走りになっている。

「……外に出たのか」

玄関を見ると、あいつの靴がない。どこかに行ってしまったのか。

俺も靴を履き、戸を開けて外に飛び出す。

そこに――いた。

――卜部は一人。

我が家の小さな庭に立ち、柔らかい表情で景色を眺めていた。


弱々しい光の中、まっすぐ立っているその肢体。

凜《りん》と伸びた背筋、流れる黒髪、整った顔と、滑らかな肌。

灰の避けられた庭の片隅、卜部は清らかな佇《たたず》まいでそこにいた。

土砂災害を避けるため、人の住まないこの辺りも定期的に灰避けがされている。

そのせいか、懐《なつ》かしい景色の中に立つ卜部の姿は、印象画のように俺の脳裏に強く焼き付く。

そして、なぜだろう。

ふいに、俺は幻視する。


その隣に――小さな子供がいるところを。

卜部が、彼女自身の子供といるところを。

小学校低学年くらいの男の子と、幼稚園くらいの女の子。

彼らは母親である卜部に寄り添い、じっと街を眺めている。


いつか卜部は母になるんだろう。

子供を産み、パートナーと慈《いつく》しみながら育てるんだろう。

卜部は勘が良《い》い。きっと良《い》い相手を見つけて、かわいい子供を産む。

父親が俺になるのか、あるいは他の誰かになるのかはわからない。

けれど、そんな彼女の未来が。子供に囲まれる卜部の姿が、今の俺には見える気がした。

「……」

ふいに――強い感情が芽生えた。

生まれるかもしれない卜部の子供。

そして、彼らが暮らすことになるこの不条理な世界。

彼らの価値を、一ミリだって認めようとはしないこの現実――。

そんなものを目の前にして生まれた、小さな感情。

それは一気に、自分の中で膨らんでいく。

無視できないほどに、手が震えるほどに、気持ちは強くなっていく。

驚いて――手探りで確かめてみる。

その気持ちが、一体何なのか。なんという名前で呼ばれるものなのか。

……答えは、すぐに理解できた。

──怒りだった。

俺の中に、「世界」に対する強い怒りが生まれていた──。

戸惑いを覚える。
なぜ今、俺はそんな感情を覚えるのだろう。
しかも、自分でも抑えきれない程に。増殖し続けて、手がつけられないほどに──。
日和の話に納得がいっていた。
彼女の言うことがすべて正しいと思っていた。
だから、こんな風に思う必要なんてないはずなのに──。
けれど──日和。
その名前が浮かんだのをきっかけに、さらに感情は爆発的に膨らむ。
友人たちの命を奪った世界。
人々の尊厳があっさり奪われる世界。
そして──彼女を。
葉群《はむれ》日和をそこまで追い詰めた、この世界──。

──もはや、怒りは衝動に近い熱を帯びていた。

理性や理屈なんかじゃない。

俺という人間そのものが、存在そのものを賭けてこの身に宿した怒り──。


なら、俺は……。

だとしたら、俺は……。


「──うわ、いたんだ深春……」

ふいに、卜部が驚きの声を上げる。

「びっくりしたじゃん。来たなら言ってよ……」

「ああ、ごめんごめん……」

そこで俺は──我に返る。

怒りも一度落ち着いた。髪をがしがし搔《か》きながら、卜部に苦笑いしてみせる。

「……ぼんやりしてて」

「そっか」

卜部の隣に立ち、尾道《おのみち》の町を眺める。

降り積もる灰が、あっという間に人々の営みを埋め尽くしていくこの世界。

空から差す光は弱く、木々は枯れはて、海さえも遥《はる》か彼方《かなた》に去ってしまった。
それでも——すでに町は回りはじめていて。
灰の掃除をする若者。荷車で荷物を運ぶ物流担当者。
道を行く子供たちは、間違いなく今この瞬間を生きていて。
そんな風景に、俺は小さく息を吐いた。

今日という一日がはじまる。
それまでと変わらない、特別でも何でもない。

——俺たちの。
世界最後の一日が、はじまった。

最終話 ―― 絶対

「――ごめん、ちょっと今日、用事があるから」

再開した、臨時教師制度。

その一員として、小学校の職員室にいた俺は、

「ここで上がらせてもらうわ、あと頼む」

仕事を切り上げ、隣で教材の整理をしていた卜部《うらべ》にそう言った。

――教育を、絶対に止めるわけにはいかない。

自治会のそんな意向があり、困窮が極まる日々の中でも「学校」というシステムはギリギリで機能していた。

もちろん、生徒も教師も以前に比べれば圧倒的に少ない。

常に人手不足だし経験不足だし、かつてのような水準の教育はできていない。

それでも、学問、知識の火種を途切れさせないことは、人類の未来にとってあまりにも重要だ。自治体全体がそんな認識でいてくれるおかげで、学校施設やその運営には、大きなリソースが割かれている。

「……ふうん」

そんな、学校の職員室。

卜部は何か、もの言いたげな顔でこちらを見ている。

――あのあと。俺たちは一緒に自宅に戻り、いつも通りに教師として出勤。普段と変わらず

授業をしていた。

まあ……正直めちゃくちゃ照れくさいけど。

あんなことがあったあとでどんな顔をすればいいのかわからなかったし、色々思い出して悶々《もんもん》とするところもあるけれど。

卜部自身は、何事もなかったような顔をしている。なら、こっちもそわそわするわけにもいかなくて、気持ちを必死に抑えこんで今日一日を過ごしていた。

ただ、

「……日和《ひより》に会うの？」

そんな風に、尋ねてくる卜部。

「日和と、大事な話でもしにいくの？」

——その鋭さに。

そこまで見抜いてしまう勘の良さに、俺は思わず笑ってしまった。

「……うん、そうだよ」

もうごまかすこともできなくて、俺は素直にうなずいた。

「ちょっと、気合い入れていかなきゃいけなくて」

「ふうん……」

視線を手元に戻し、生徒たちから集めたノートを整理する卜部。

何かを考えているような、静かな沈黙。

そして彼女は、ふっと息を漏らしてから、

「振られろー、って言おうと思ったけど」

そう言って、俺に笑ってみせた。

「拒否られてさっさとわたしのとこに来いって、言おうと思ったけど……うーん。なんか、そういうやつでもないのか」

「……まあ、そうだな」

もう一度、その察しの良さに笑ってしまった。

「あんまそういう感じでも、ないかもな」

「じゃあまあ、頑張れ」

卜部は、軽い口調でそう言う。

「頑張って、早めに帰ってきな。お母さんが、今日は久しぶりに夕飯お肉かもって言ってたし」

「……そっか。わかった」

うなずいて、荷物をまとめ終える。

――このあと、どうなるかわからないけれど。

俺自身も、日和も、この世界がどうなるかわからないけれど。

それでも――俺の気持ちは固まりつつある。

彼女と同じ場所に立って、苦しんで悩んで考えて、それでも俺は俺の答えにたどり着きつつある。

だから――、

「おし……頑張ってくるわ」

そう言って、鞄《かばん》を背中に背負った。

「いってきます」

「うん、いってらっしゃい」

そして――卜部に小さく手を振ると、俺は職員室を出て歩きだした。

＊

――『世界』なんて言葉が乱用された時代がある。

乱用、だったんだと思う。

自分の身の回りの狭い範囲を指して。

あるいは、自分の届かないすべてに思いを馳《は》せて。

そしてときには――その二つを混同して、たくさんの人たちがその言葉を消費した。

それからずいぶんと時間が経《た》って、現在。世界と人々の関係は、大きく様変わりした。

「……ふう」

家々の間を走る狭い階段。

それを一段一段上りながら——日和の待つ、ポンポン岩へ向かいながら。俺は、辺りの景色をぐるりと見回した。

珍しく、空を覆う灰の薄い日だった。

風向きのせいなのか、あるいは何か他の理由があるのか。

黒い靄《もや》のようなそれは普段よりも貧弱に見えて、隙間のところどころに青い空が見えるほどだった。

こんな色の空を見るのは、災害が起きてから初めてのことかもしれない。

「……こんな遠かったっけ、ポンポン岩……」

ひとりごちながら、俺は歩みを進める。

世界と人々。もしかしたら、関係は変わってなんかいなかったのかもしれない。

俺たちが、勝手に勘違いしていた。

あるいは、ただ見ないようにしていただけなのかもしれない。

それが不条理なものであることを。

人間的な条理が、ただの願望でしかないことを。

因果や価値なんてものは存在しない。ただ、俺たちの【願い】だけがある。

どんなに踏みにじられても、何度でも芽生える【願い】がある。

じゃあ――俺たちはどうするべきなのか。

【願い】を守るために消えるのか、あるいは――。

「……おお、千光寺《せんこうじ》」

――階段を上りきった。

向こうに灰の積もった千光寺《せんこうじ》の屋根が見える。

ポンポン岩まで、あと少し……あとちょっと、坂道を行くだけだ。

――ふうと息をつき、街の方を振り返る。

日が大きく西に傾き、一日の終わりの気配を漂わせはじめた尾道《おのみち》の町。

――日和の考えには、今も説得力を覚えている。

これからも、人の【願い】は蹂躙《じゅうりん》され続《つづ》けるんだろう。

世界は今も、俺たちに牙をむき続けている。大切なものは踏みにじられるし、罪もないものが地獄の責め苦を受けて命を落とす。

あるいはそれは――世界じゃなく。他でもない、人間同士の間でも起こるのかもしれない。

世界が不条理であるのと同時に、人間そのものだって不条理だ。

必要があれば、人は他者の【願い】を踏みにじるだろう。他人事《ひとごと》じゃない。きっと、俺だってそうしてしまうのだ。
そのときがくれば、俺は罪もない誰かの【願い】を踏みにじる。
だとしたら——すべてを終わらせるのは、全くもって合理的な判断だ。
この世界で、唯一人間的な選択だと言ってもいい。
それでも——、
「……」
——俺は、胸に手を当て気持ちを確かめる。
今も、熱がそこに宿っていた。
繰り返し考えて、日和の正しさを確認しても、それでも消えない感情が、衝動がある。

——怒りがある。

それが——俺を導いてくれる気がしていた。
その気持ちを、俺は決して無視したくないと思った。
——そうしているうちに、通りの向こうにポンポン岩が見えてくる。
あの日——日和に告白された。
すべてのはじまりの場所が見えてくる——。

＊

「──よう、日和」

「……こんにちは、深春《みはる》くん」

彼女は──日和は。

その岩の上に立ち、ぼんやりと町を眺めていた。

どこか子供っぽさの残る目を細め、頬にかすかな笑みを浮かべ、薄い唇に緩やかなカーブを描き、そこにいた。

身にまとっているのは、制服だった。

スカートの裾が、セーラー服の襟が、茶色い髪が、緩やかに吹く風に揺れる。

彼女の背景にある、暮れていく空──。

東側のラベンダーのような紫と、西側のクリームのような暖色。

そして、そのすべてをうっすらと覆っている灰のベール。

──美しい、と思った。

俺はその景色を、純粋にきれいだと思う。

「ごめん、待たせたか？」

「ううん、そんなことないよ」

日和は、そう言って首を振ってみせる。

「むしろ……最後の【お願い】ができるまで、もう少しかかりそうで。だから、待ち合わせの時間、早めにしすぎたかも。ごめんね」

「いやいや、構わないって」

俺は、そう言って笑うと日和の隣に立つ。

彼女のそばで、尾道《おのみち》の町を見下ろす。

灰に埋もれかけた町。日和が必死で、守ってくれた尾道《おのみち》。

そして、そこを浸食しつつある不条理――。

――もう一度、怒りがぐらりと腹の中で沸き立った。

ちらりと隣を窺《うかが》う。

そこにいるのは――ただの一人の女の子だ。

平均よりも少し背が高くて、普通よりもちょっと気弱で。

誰よりも――優しかった。そして、常軌を逸するほどに真面目だった、ただの女の子。

俺の恋人だった、葉群《はむれ》日和。

──誰よりも、彼女は不条理に向き合い続けてきた。

人格を蝕《むしば》まれ、当たり前からどんどん遠ざかって、それでも世界に相対し続けた。そこから目を離さなかった。

その結果が──これだ。

彼女は終わりを願っている。

すべての人とともに消えてしまうことで、世界を救おうと考えている。

それほどのものを、目の当《まあ》たりにしてきた。


──怒りが、俺の全身にもう一度沸き立つ。

そしてそれが──【願い】に変わる。

日和に対する、世界に対する【願い】。

人間が、生まれながらに持つことを定められた、すべての根源──。


「……あと少しで、全部終わるよ」

日和が、こちらを向きうれしそうに言う。

「世界全体に、わたしの本当の『お願い』を……心から願っていることを伝えられる……」

「……そっか」

傍目《はため》には、全くそんな風には見えなかった。

日和はこれまで通りの彼女だ。世界中に届く『お願い』をその身に秘めているなんて。これから、世界すべてを終わらせようとしているなんて、そんな風には決して見えない。

でもきっと、そんなものなんだろう。

世界の不条理も、人による不条理も、きっと何食わぬ顔で執行される。

薄情を通り越してただただ機械的に、その力は振るわれる。

——日和は、振るわれてきた。

だから——、

「……消えてくれないんだよ」

——気付けば、言葉が口からこぼれ落ちていた。

「日和が、そうしようと決めたのはわかる。それが、一番いいんだっていうのもわかる。なのに……」

俺は、日和の方を向く。

そして——まずは素直に伝える。

「怒りが、消えないんだ」

「……怒り？」

日和は首をかしげる。

「何に対する？　わたし……？」

「違うよ」

不安そうな日和に、小さく笑って首を振ってみせた。

これから世界を滅ぼそうっていうのに、人類すべてを消し去ろうとしているのに——この子はこんな風に、俺に怒られることを嫌がるのか。

だから俺は、はっきりと彼女に言う。


「——世界に」


日和は、小さく目を見開いた。

「この世に対する怒りが消えないんだ。不条理に対する怒りが——消えてくれないんだよ」

——そう言葉にして、もう一度胸の中で燃え立つものがある。

その熱をきっかけにして、俺は彼女に語りかける。

「それだけじゃない……怒り続けていたいって、思うんだ。不条理に、憤《いきどお》り続《つづ》けていたい——」

今朝、卜部を見ていて思った。

彼女と、その隣に立つ子供たち。

そんな愛おしいものにも、世界は牙をむくんだろう。

何の理由もなく、その存在は踏みにじられるかもしれない。

卜部が、その子供が――災害で、あるいは見ず知らずの誰かによって、尊厳を奪われるかもしれない。

――それを、受け入れたくない。

そのことに――怒り続けていたい。

「……けど」

と、俺はそこで、ふと気付く。

「そもそも……人間って、歴史上ずっとそうだったのかもな」

「え、歴史上……？」

突然飛び出したその言葉に、日和は目を丸くする。

「どういうこと……？」

そりゃ、確かに驚くよな……。

俺だって、そんな風に自分の中で考えが繋《つな》がったことに、驚いている。

だから、俺は一度考えてから、

「ほら、なんか世界史とか勉強してると……人類がどんなことしてきたか、わかるだろ」

そんな風に、彼女に説明をはじめた。

「で、最初の頃って、何だろ……狩猟採集とか？　あとは、農耕とか治水とか、そういうのやってきたわけだよな？」

「……うん」

「それって……不条理が、許せなかったからじゃないか？　家族や自分や仲間が飢えるのが嫌だから、食べ物集めて、さらには自分で作るようにした。作るようにしたら、今度はそれに必要な水の災害で大変な目に遭うようになったから、治水事業をはじめたりして……」

……今、初めて歴史と自分が繋《つな》がった感覚があった。

教科書の中で学んできた、歴史上の名もなき人々の行動。

それはもしかしたら、今俺自身が抱いているものと同じ感情。怒りや、あるいは悲しみに突き動かされて生まれたものなのかもしれない。

「……宗教も、そうなのかも」

きょとんとしている日和に、俺は続ける。

「不条理が嫌だから、なんとかそこに条理を見つけ出そうとした。理屈や因果があるんだと思いたくて、自分たちで体系を組み立てていった、みたいな……」

もちろん、これはただの思い付きでしかない。

専門家が聞いたら噴飯物の浅い考えでしかないのかもしれないし、俺も自信があるわけではない。

けれど、今。俺は初めて、宗教というものに現実的な魅力を感じはじめていた。

この世界に条理があるのだと信じられれば。人間の【願い】に寄り添いうる理屈が隠されているとしたら、それはどんなに救いになるだろう。

それを信じることができていれば、俺も日和も今よりずっと幸福でいられたのかもしれない。

「……そうだよな。今俺たちは、歴史の中にいる……」

そう口にして——俺の中で決意が固まっていく。

俺なりの答えが、はっきりと形をもっていく。


「うん……負けたくねえな」


そう、思った。

「俺、負けたくない。不条理にも、世界にも負けたくない」

日和は、怪訝《けげん》な顔で俺を見ている。

少しずつ、不安を覚えはじめたのだろう。

俺がこぼす言葉の中に、自分の考えとのずれを感じはじめている。

けれど——俺は止めない。

「確かに、これでまた人は振り出しに戻ったのかもしれないよ。社会も生活もめちゃくちゃで、マジで大昔みたいな暮らしになったし……」

言いながら、俺はもう一度尾道《おのみち》の町を見下ろす。

ところどころ灯《あか》りが点《とも》りはじめた、小さな集落。

……そう、集落だ。今の尾道《おのみち》は、町と呼ぶよりも集落と呼ぶのがよく似合う。

人々が寄り合い、協力し合いながら暮らしていく共同体。

それは近代的な「都市」よりも、教科書に出てくる大昔の「ムラ」に近い気がして、俺は改めて人類が大きく後退したのを思い知る。

「……ていうか、実際は大昔よりも状況は悪いのかもしれないいな。これまで幸せだった分、落差もきついし……」

「……そうだよ」

日和は力強くうなずく。

「尾道《おのみち》でさえそうなんだよ。深春くんも経験したでしょう？　世界で今、何が起きているか。つまりもうこの世界は、地獄なんだよ。原始時代とかそういうレベルじゃない、人が人として暮らせる場所じゃないんだよ」

「……だな、今はそうなんだろうな」

俺も彼女にうなずき返した。

本当に、日和の言う通りだ。

なによりもそのことに苦しんできた日和が言うんだ、間違いない。

「それでも――」

俺は――日和に言う、

「俺たちは――まだ生きてる」

日和が、苦しげに表情を歪《ゆが》める。

「つまり、まだ不条理に打ち勝つ、可能性は残ってる」

「無理だよ!」

食ってかかるように、日和は声を荒げた。

「可能性なんてあるわけない。見てよこの景色。ここからどうやって、やり直すって言うの?」

「……確かに、むずかしいよな」

それはもう、認めざるをえない。

世界は変わってしまった。それは不可逆的な変化で、多分。人類が以前のような暮らしに戻ることはできないんだろう。

「俺や日和がもう一度、前みたいに尊厳を取り戻すことはできないだろうな。二人とも、八十まで生きるとしてあと六十年とちょっとか。たったそれだけじゃ、きっとどうにもならない。消耗しながら、なんとか生き延びる術を探すので精一杯。というか、普通に途中で命を落とすかもしれない」

うなずく日和。

「そうだよ……。わたしたちの不幸は、もう確定なの。今死ぬか。あるいは強烈な苦痛を味わいながら生きながらえるか。どっちかしかない。わたしたちは、もう幸せになれない」

「……だよな」

日和の言う通りであることは、身をもって理解できた。

俺たちは幸福にならない。待っているのは不幸だけだ。

俺はそんな彼女に「でも」と前置きして。

自然と今思うことを。

卜部が俺に、見せてくれた未来を提案する——。

「でも——何千年後でも、何万年後でも。いつか不条理を克服できれば。俺たちの子孫が、尊厳を守りきることができれば、俺たちの勝ちだ」

「——子孫たちだけじゃない」

「歴史上——不条理を退けようとしてきた、人類すべての勝利だ」

日和の顔が、今にも崩れそうに歪《ゆが》む。

それでも——俺は言葉を続ける。

「確かに、俺たちは不幸な一生を過ごすかもしれない。いや、俺たちなんてまだマシな方だ。これから生まれる子供は、もっと苦しむのかもしれないよな。それでも——その過程で生まれた尊さは、決して変わらない。どれだけ踏みにじられたって、その愛おしさは変わらないと思うんだ」


——卜部の隣。

そこにいた、小さな彼女の子供たちの幻影を思い出す。

もしかしたら、彼らの尊厳は奪われるのかもしれない。

悲惨な終わりを迎えるのかもしれない。

それでも——、

「俺たちがいたこと、そこにあったことの価値は、不条理にだって消すことはできない。俺たちの『有』はあまりに強力で、誰がどうしたってなかったことにはできないんだ」

俺は、俺のことを肯定できる気がした。

たかだか十八歳の、田舎に暮らす一人の人間でしかない。

世界を相手にできることなんて何もなくて、それはこのあとも変わらないだろう。周囲の人に小さなプラスとマイナスを提供して、そう遠くない未来に命を落とす。

それでも——俺はここにあった。

生活することで、不条理と戦った。

その事実は、神様にだって消せやしない。

だから、俺は俺の生を肯定する。すべての命を、肯定できると思う。

日和の手を取る。

ひんやりと冷たいようで、その奥に熱を宿した日和の手。

がさがさに荒れてしまっているけれど、細く柔らかく、愛おしいその手触り。

それをはっきりと手の平に感じながら。

俺は——俺の気持ちをはっきりと伝える。


「——生きよう、日和」

彼女の目から——大粒の雫《しずく》がこぼれた。

「生きて、次の世代に繋《つな》ごう」


——そうしたいと、俺は思う。

俺は、日和と生きていたい。

どんな形でも、どんなやり方でもいい。

未来にそれを、繋《つな》ぎたいと思った。

——ずいぶん長い間があってから。

「……わかんないよ」

日和は、今にも消えそうな声でつぶやく。

「深春くんの言うことが、わかんない。本当に、そんな風にすべきなのか……わたし、間違ってるのか……わかんない」

「……正直、俺もわかんないよ」

素直に、俺はそう打ちあけた。

そうだ——日和にあんな風に持ちかけながら、俺だって確信を持つことができていない。

日和はきっと、ずっと考えてきたのだろう。

どうすれば人々を救えるのか、この世から苦痛をなくすことができるのか。

そして、長い長い時間の末に、「すべて終わらせる」という結論にたどり着いた。

今もその考えは、説得力のあるものだと俺も思う。

対する俺の考えは——付け焼き刃もいいところだ。

卜部との一件を経て、自分の中に芽生えた気持ち。

それを、日和を前にして膨らませて、彼女に伝えただけだ。

日和の意思に比べれば、圧倒的に脆弱《ぜいじゃく》な俺の思い付き——。

それでも、

「うん……でもやっぱり、俺はそれに賭けたい。まだ勝ち目があるなら、それを諦めたくない。きっと……歴史って、そうやって繋《つな》がれてきたものだと思うから」

その過程で、消えてしまった人たちもいるだろう。

未来に繋《つな》ぎきることができず、消えてしまった集落、街、国、人種。

そういうものもたくさんある。

それでも——そこにあったものの貴さは、決して消えることはない。

俺は、心からそう思うんだ。

崩れ落ちるようにして、日和はその場にしゃがみ込む。

そんな彼女の背中に、俺はぽんと手を置いた。

「だからまあ……」

そして——その隣に腰掛けると、

「もうちょっと、考えてみようぜ」

俺はそう呼びかける。

「この話だけで、考えを変えろとは言わないよ。そりゃ、すぐにはむずかしいよな。そもそも、何が正解かもわからないし……。だから、まずはもう少し考えてみようよ。俺や卜部やみんなと暮らしながら、色々考えてみれば……」

——必要なのは、そういうものだと思う。

生活の中で生まれる大切なもの。その価値。

それを人間として正面から受け止めながら——どのような選択をするか。

ゆっくり、日和とそれを考えたいと思う。

そういう時間を、彼女と過ごしたいと思う。

けれど——日和はうつむいたまま、小さく首を振る。

そして、吹く風の音に紛れ込ませるようにして、こうつぶやいた。

「……もう、遅いよ」

「……遅い？」

「止められないの……」

「……何を？」

「……『お願い』を」

日和は、そう言って顔を上げる。

そして、涙や汗や鼻水でぐちゃぐちゃになった顔で——俺に打ちあける。

「もう……『お願い』は発動しちゃいます」

「あと数分で——世界全体に『お願い』が放たれます——」


——血の気が引いた。

止められない。

お願いが、世界に放たれる——。

あと数分。

たったそれだけの時間で——すべての人が死に絶える。

「……え、ど、どうにかならないのかよ！」

弾《はじ》かれたように立ち上がった。

「今から、発動を止める方法は……」

ふるふると、日和は首を振る。

「もう、どうやっても止められないよ。わたしが、今すぐ一人で死んでもダメ。身体《からだ》の中に、きちんとその準備は整ってるから……どうにもならない」

「そ、そんな……」

——頭が真っ白になった。

ようやく——俺は俺の答えを見つけることができた。

日和の隣に並び立って、彼女に考えを伝えることができた。

そしてそれに、日和も少なからず気持ちを動かされてくれたはずだ。

そこから、すべてを再開すればいいと思った。

なのに——、

「……どうしようも、ないのかよ」

——全身から、力が抜けていく。

立っているので精一杯で、思わず膝に手をついた。

これで……全部終わるのか？

俺たちも、人類も、消えてなくなってしまうのか……？

……けれど。

「……ああ、でも、安心してもいいかも」

ふいに――日和はその声色を柔らかくする。

「みんなが死んじゃうことは、ないかもしれない……」

「……ど、どうして？」

「最後に発動する【お願い】はね……『わたしが本当に願っていること』なの」

言って――日和は笑った。

こんな状況で。

暮れていくポンポン岩の上で。

日和は、俺にかすかにほほえんでみせる――。

「……ねえ、わたし間違えちゃったみたい」

酷《ひど》く残念そうに、そしてどこか申し訳なさそうに、彼女は言う。

「【お願い】の力で、みんなを救えると思った。それが間違いだったのかも……。もともと、そんなものいらなかったのかもね。深春くんみたいに……きちんと願っていれば。人がそれぞれ、自分の願いを胸に秘めていれば……」

――その言葉に。

日和が紡《つむ》いでいく言葉に、俺は少しずつ理解しはじめる。

彼女の考えていること。

彼女の最後の願い――。

「だから、うん……今は思うんだ」

言うと、日和は笑い――、

「もう……わたしなんて、なかったことにしてほしいなって」

――俺に、そう言った。

「すべての人がわたしのことなんて忘れて、【お願い】なんて効かなくなって……うん。わたし抜きで、元気に過ごしてくれればいいなって……」

――胸が押しつぶされそうになった。

わたし抜きで――。

なんでそんなことを言うんだ。

なぜそこで、自分の幸せを願ってくれないんだ。

日和はただ、戦ってきただけなんだ。

うっかり見つけてしまった自分の力を使って、必死に世界を守ろうとした。

なのに、なぜそんなことを……。

「……だから、今までありがとうね、深春くん」

そう言って——日和はもう一度涙をこぼす。

「こうやって話せるのも、あと少しだけだと思う。最後の【お願い】が発動すれば、深春くんはわたしのことを忘れちゃう。誰かわからなくなっちゃう。だから……これが、わたしたちの最後です」

ぽつぽつと、ひとつひとつ言葉を紡《つむ》ぐ日和。

もう一度、胸に熱いものがこみ上げる。

どうして、こんな風になってしまったんだ。

これで、すべて終わりだなんて。

もう——日和のことを忘れてしまうなんて。

——けれど。

「……ん？」

俺は——ふとそこに、引っかかりを覚える。

「日和を……忘れる？」

「うん……」

日和は、こくりとうなずいた。

「【お願い】の力で……きれいさっぱり忘れちゃう。深春くんも、お父さんもお母さんもお姉も、友達も……最初から、わたしなんていなかったみたいに……」

言って、唇を震わせる日和。

そして彼女は――、

「だから……」

――と、前置きし。


「好きだよ。好きだったよ、深春くん」

はっきりと、俺にそう言った。


「こんなところにまで、一緒に来てくれてありがとう。一緒に苦しんで、考えてくれてありがとう……。こんな風になっちゃったけれど、そばにいられた時間も短かったけれど……ずっとあなたのことを考えていました。深春くんがいてくれたことは、わたしの人生一番の、幸福だったと思います……」

「……そっか」

——その言葉を聞きながら。

日和から俺への最後の言葉を聞きながら——。

けれど俺は、「とある事実」に気付いていた。

俺の考えている通りだとしたら。日和が、「それ」を見落としているのだとしたら——。


——まだ、希望がある。


ゆっくりと、ポンポン岩の先へ進む日和。

彼女は夕日を背にして、こちらへ振り返る。

そして——最後にもう一度、俺に笑顔を向けた。

どうやら、『そのとき』が来たらしい。


「——さよなら、深春くん」

彼女は——俺にそう言った。

「ありがとう、それじゃあね」

「うん」

俺も、はっきりと彼女にうなずいてみせる。

「こっちこそありがとう。今でも好きだよ、日和のことが——」

幸せそうにほほえむ日和。
そして——彼女は小さく目を閉じる。
大きく息を吸い、そして吐き出す。

——次の瞬間。
彼女の周りに——空気の渦ができる。
それは短く日和の周囲を回転したあと——。
——光の輪になって、弾《はじ》けるように消えた。

＊＊＊

そして──日和の最後のお願いが、世界を書き換える。
彼女の存在が、すべての人の中から消えていく。

＊＊＊

──目の前に、彼が立っていた。
わたしの【最後のお願い】が発動したあと。
わたしの存在を、すべての人が忘れてしまった世界。
ポンポン岩の上で、彼は小さく視線を落としていた──。
その景色に、わたしは思い出す。
彼に告白した日のこと。この岩の上で、彼に気持ちを伝えた放課後を。
──すべて、なかったことになってしまった。
彼にとって、わたしはただの見知らぬ女の子だ。
誰も知らない、透明な存在──。
これまでいたはずのない、幽霊のような女の子──。
だからわたしは、
「……じゃあね」

それだけ言って、その場を去る。

先のことは考えていない。けれど、これだけのことをしておいて、もうみんなと一緒にいることはできない。

だから……これでさよならだ。

深春くんも、尾道《おのみち》の町も、たくさんの愛おしい人たちも。

さようなら。

どうかみんなが、ほんの少しでも幸せでありますように――。


「……どこ行くんだよ？」

ふいに――彼が声を上げた。

「何も言わずに、どこに行くつもりなんだよ？」


――聞き違いかと思った。

あるいは、わたしの強い気持ちが生み出してしまった、幻聴。

みんな、忘れてしまったはずなのだ。

だから彼が、そんな風に声をかけてくれるはずがない。

けれど――、

「なあ」
振り返ると――彼がわたしを見ている。
頃橋《ころはし》深春くんが――わたしを。
葉群日和を、見ている。
そして――、

「……日和」


――その名前を。

忘れているはずのわたしの名前を口にした。

彼は優しい目で、ちょっと疲れた表情でわたしに笑いかけると、

「……山降りるなら、一緒に行こう」

そんな風に――呼びかける。

まるで、平和だった頃の放課後。

一緒に帰ろうと、呼びかけるような口調で――。

「……どうして？」

尋ねる唇が、酷《ひど》く震えていた。

「全部、忘れたはずなのに。なんでわたしのこと……」

——【お願い】は、確かに発動したはずだった。

はっきりとした、手応えがあった。

長年、その力を使ってきたわたしにはわかるのだ。

その能力が、きちんと効果を発揮したことが。

すべての人から、わたしの記憶は消えたはずだった。もう、一切の『お願い』は効かなくなったはずだった。

なのに——、

「なんで……」

＊

「……やっぱり日和、覚えてないんだな」

愕然《がくぜん》とする彼女を前にして。

俺は、予想通りの展開になったことに思わず笑ってしまう。

「……覚えてない？　何を？」

相変わらず、理解できない表情の日和。

でも……それも仕方ないのかもしれない。

『あの日』から、あまりにも色んなことがあったんだ。そのことを思い出す機会もなかっただろうし、俺自身記憶があやふやだったんだ。

気付け、という方が無理があるのかもしれない。

だから、

「……前に、俺自身に【お願い】してもらっただろ？」

俺は、当時のことを思い出しながら日和に言う。

「ほら、学校にテロリストが来て、一度全部忘れさせられたあと……もう、ずいぶん昔のことだけど……」

「え、あの頃……？」

怪訝《けげん》そうな表情で、日和は首をかしげる。

そして、しばし考えたあと、

「……あっ！」

ようやく思い出した様子で、口元に手を当てた。

「そうだ……あのとき、わたし……」

「うん」

噴き出しながら、俺は日和にうなずいてみせる。

「——もう、【お願い】で何か忘れることがないように、って」
「日和が、俺の記憶を消しちゃうことがないように、そう【お願い】してくれたよな——」

——あのとき、もう日和から逃げたくないと思った。
日和のそばにいたいと、覚悟を決めた。
そのために、日和に【お願い】を頼んだんだ。
俺がもう、何も忘れないようにと。
日和のお願いによって、記憶を失うことがないようにと。
だから——忘れなかった。
すべての人が、日和のことを忘れてしまった世界で、俺だけが覚えている。
日和のことを。
彼女がどんな女の子なのかを。
どんな風に生きて、どんな風に戦ってきて、どんな風にかわいいのかを——。
「——あ、あああ、あぁぁぁあああぁぁ〜……」
頭を抱え、日和はその場にしゃがみ込む。
「そうだ……そうだった……わたし、あのとき……うわぁあああ……」

——彼女のその姿に。

自分のマヌケさに本気で凹《へこ》む様子の彼女に——、

「……ふふ、ふふふ」

——俺は、思わず笑いだしてしまう。

「あはは、あはははは！」

「……何がおかしいの？」

顔を上げ、半泣きの顔で恨めしげに尋ねる日和。

その表情に、もう一度笑ってしまいながら、

「いや……なんか、うれしくて」

俺は素直に、そう答える。

「うれしい？」

「うん。日和は……今も、日和なんだなって。俺が知ってる、日和なんだなって……」

——改めて、それを実感していた。

遠くに行ってしまった日和。

俺の知らないところで世界を回し、人格さえも変わった日和。

けれど——今も彼女は、俺の知る日和のままだ。

あの日、この場所で告白をしてくれた、愛おしい日和のままなんだ。

——だから。

「……好きだよ、日和」

俺は彼女に——心からの『お願い』をする。

「俺と、一緒に生きてほしい」


あの日、この場所で日和にされた『お願い』。

それが、今この瞬間に繋《つな》がっている。

だから——俺は今、彼女に願いを返す。

——未来を。

せめてそばにいられる未来を願う。

一度、ぎゅっと目をつぶる日和。苦しそうに眉間にしわを寄せ、諦めたようにふう、と息を吐いてから。

「……うん」

観念の笑みを浮かべて、彼女はうなずいた。

「わかった……わたしも、生きてみる」

「……ありがとう」

笑い合うと、日和はその場に立ち上がる。

そして、二人で岩を離れながら、俺はこれからのことを考える。

日和のことを、皆にどう説明するか。

どんな風に暮らしてもらうのが良《い》いか、これからどんな生活を送ってもらうか。

それでも……まあきっと、なんとかなるだろう。

なんとかしたいと、俺は思っている。

「……ねえ、深春くん」

そんな風に考える俺に——日和は、不安げな声を上げた。

「できるだけ……そばにいてね」

「……もちろんだよ」

日和の横で、俺は彼女にはっきりとうなずいてみせた。

「多分色々面倒になるけど、見捨てないでね……」

「当たり前だろ」

「ずっと……一緒にいようね」

「……ああ、そうだな」

うなずいて、俺は日和に笑いかける。

おずおずと、日和も俺に笑い返す——。

断ることなんて、できやしないんだ。
俺は、彼女の希望を、退けることなんてできやしない。

だって——、

——日和ちゃんのお願いは絶対。

あとがき

これにて、日和《ひより》と頃橋《ころはし》のお話はおしまいです。

最後までついてきてくれて、ありがとうございました。

思えば、「20年前に憧れたセカイ系を、今の僕が全力で書く」という極めて個人的な願望から『日和《ひより》ちゃんのお願いは絶対』は始まりました。それをこうして五巻まで書くことが出来たのは、たくさんの人々が協力してくれたおかげです。

みなさん本当にありがとう。

正直なところ、当初は満足のいくものを書ける自信が、はっきりとはありませんでした。「セカイ系」が好きすぎて、自分の中でハードルが上がりきっていた。もはや崇拝は神格化、といっていいレベルに達していましたし、その上で自分で「よく出来た」なんて思える可能性は、かなり低い気がしていました。

結果から言って、100％の満足がいくものが出来ました。

僕が書きたかったもの、憧れていた気持ちは、『日和《ひより》ちゃんのお願いは絶対』で余すところなく形に出来たように思います。

力になってくださった方は沢山いるのですが、特にイラストを担当くださった堀泉《ほりいずみ》インコさん、コミカライズを担当くださった有馬《ありま》ツカサさん、担当編集の方々は、誰一人欠けてもここにたどり着けなかったように思います。こだわりが極端に強い今作で、完全に僕が納得のいく仕事をしてくださった。感謝してもしきれません。

そしてそれ以上に、読者の皆さん。

本当にありがとう。

おかげで高校時代の僕は、完全に報われたように思います。

あのころセカイ系に激しい衝撃を受け、突き動かされるように創作をはじめたその目的は完全に達成されました。明日から、新しい自分で改めて作品作りをはじめたいと思います。

世界は不条理です。

今作を書き始めた頃から、多くの人がそのことを実感してきたのではないかと思います。

そんな状況で、この『日和《ひより》ちゃんのお願いは絶対』を書くことに疑問を覚えたりもしました。

ただ、日和《ひより》や頃橋《ころはし》のあり方がこれからの皆さんの小さな支えになれば。そして、二人のことをこれからも覚えておいていただければ、これ以上のよろこびはありません。

日和《ひより》と頃橋《ころはし》は生き続けます。またいつか、どこかで会えますように。

岬《みさき》　鷺宮《さぎのみや》

◉岬　鷺宮著作リスト

「失恋探偵ももせ1〜3」（電撃文庫）
「大正空想魔術夜話　墜落乙女ジェノサキド」（同）
「魔導書作家になろう！1〜3」（同）
「読者《ぼく》と主人公《かのじょ》と二人のこれから」（同）
「陰キャになりたい陽乃森さん　Step1〜2」（同）
「三角の距離は限りないゼロ1〜7」（同）
「日和ちゃんのお願いは絶対1〜5」（同）
「空の青さを知る人よ　Alternative Melodies」（同）
「恋は夜空をわたって」（同）
「失恋探偵の調査ノート〜放課後の探偵と迷える見習い助手〜」（メディアワークス文庫）
「放送中です！にしおぎ街角ラジオ」（同）
「踊り場姫コンチェルト」（同）
「僕らが明日に踏み出す方法」（同）

本書に対するご意見、ご感想をお寄せください。

ファンレターあて先
〒102-8177　東京都千代田区富士見2-13-3
電撃文庫編集部
「岬 鷺宮先生」係
「堀泉インコ先生」係

読者アンケートにご協力ください!!

アンケートにご回答いただいた方の中から毎月抽選で10名様に「図書カードネットギフト1000円分」をプレゼント!!

二次元コードまたはURLよりアクセスし、
本書専用のパスワードを入力してご回答ください。

https://kdq.jp/dbn/　パスワード vmbrk

- 当選者の発表は賞品の発送をもって代えさせていただきます。
- アンケートプレゼントにご応募いただける期間は、対象商品の初版発行日より12ヶ月間です。
- アンケートプレゼントは、都合により予告なく中止または内容が変更されることがあります。
- サイトにアクセスする際や、登録・メール送信時にかかる通信費はお客様のご負担になります。
- 一部対応していない機種があります。
- 中学生以下の方は、保護者の方の了承を得てから回答してください。

本書は書き下ろしです。

電撃文庫

日和《ひより》ちゃんのお願《ねが》いは絶対《ぜったい》5

岬《みさき》 鷺宮《さぎのみや》

2022年3月10日 初版発行

発行者 青柳昌行
発行 株式会社KADOKAWA
〒102-8177 東京都千代田区富士見2-13-3
0570-002-301（ナビダイヤル）
装丁者 荻窪裕司（META＋MANIERA）
印刷 株式会社暁印刷
製本 株式会社暁印刷

ISBN978-4-04-914046-0 C0193 Printed in Japan

電撃文庫 https://dengekibunko.jp/

電撃文庫創刊に際して

文庫は、我が国にとどまらず、世界の書籍の流れのなかで〝小さな巨人〟としての地位を築いてきた。古今東西の名著を、廉価で手に入りやすい形で提供してきたからこそ、人は文庫を自分の師として、また青春の想い出として、語りついできたのである。

その源を、文化的にはドイツのレクラム文庫に求めるにせよ、規模の上でイギリスのペンギンブックスに求めるにせよ、いま文庫は知識人の層の多様化に従って、ますますその意義を大きくしていると言ってよい。

文庫出版の意味するものは、激動の現代のみならず将来にわたって、大きくなることはあっても、小さくなることはないだろう。

「電撃文庫」は、そのように多様化した対象に応え、歴史に耐えうる作品を収録するのはもちろん、新しい世紀を迎えるにあたって、既成の枠をこえる新鮮で強烈なアイ・オープナーたりたい。

その特異さ故に、この存在は、かつて文庫がはじめて出版世界に登場したときと、同じ戸惑いを読書人に与えるかもしれない。

しかし、〈Changing Times,Changing Publishing〉時代は変わって、出版も変わる。時を重ねるなかで、精神の糧として、心の一隅を占めるものとして、次なる文化の担い手の若者たちに確かな評価を得られると信じて、ここに「電撃文庫」を出版する。

1993年6月10日
角川歴彦

電撃文庫DIGEST　3月の新刊

発売日2022年3月10日

作品	あらすじ
第28回電撃小説大賞《金賞》受賞作 **この△ラブコメは幸せになる義務がある。** 【著】榛名千紘　【イラスト】てつぶた	平凡な高校生・矢代天馬はクールな美少女・皇凛華が幼馴染の椿木麗良を溺愛していることを知る。天馬は二人がより親密になれるよう手伝うことになるが、その麗良はナンパから助けてくれた彼を好きになって……!?
第28回電撃小説大賞《金賞》受賞作 **エンド・オブ・アルカディア** 【著】蒼井祐人　【イラスト】GreeN	究極の生命再生システム《アルカディア》が生んだ"死を超越した子供たち"が戦場の主役となった世界。少年・秋人は予期せず、因縁の宿敵である少女・フィリアとともに再生不能な地下深くで孤立してしまい――。
アクセル・ワールド26 **―裂天の征服者―** 【著】川原 礫　【イラスト】HIMA	黒雪姫のもとを離れ、白の王の軍門に降ったハルユキは、《オシラトリ・ユニヴァース》の本拠地を訪れる。そこではかつての敵《七連矮星》、そしてとある《試練》が待ち受けていた。新章《第七の神器編》、開幕！
Fate/strange Fake⑦ 【著】成田良悟　【イラスト】森井しづき 原作／TYPE-MOON	凶弾に頭部を打ち抜かれたフラット。だが彼は突如として再生する。英霊以上の魔力を伴う、此度の聖杯戦争における最大級の危険因子として。そして決定された黒幕の裁断。――この街が焼却されるまで、残り48時間。
七つの魔剣が支配するⅨ 【著】宇野朴人　【イラスト】ミユキルリア	奇怪な「骨抜き事件」も解決し、いよいよオリバーたちは激烈なリーグ決勝戦へと立ち向かうことに。しかし、そんな彼らをじっと見つめる目があった。それは、オリバーが倒すべき復讐相手の一人、デメトリオ――。
魔王学院の不適合者11 **～史上最強の魔王の始祖、転生して子孫たちの学校へ通う～** 【著】秋　【イラスト】しずまよしのり	エクエスを打倒し生まれ変わった世界。いままで失われた《火露》の行方を追い、物語の舞台はついに"世界の外側"へ!?第十一章《銀水聖海》編!!
ギルドの受付嬢ですが、残業は嫌なのでボスをソロ討伐しようと思います4 【著】香坂マト　【イラスト】がおう	四年に一度開かれる「闘技大会」……その優勝賞品を壊しちゃった!!!?　かくなる上は、自分が大会で優勝して賞品をゲットするしかない――!!
男女の友情は成立する？（いや、しないっ!!） **Flag 4. でも、わたしたち親友だよね？〈下〉** 【著】七菜なな　【イラスト】Parum	一番の親友同士な悠宇と凛音は、東京で二人旅の真っ最中！ところが紅葉の横槍から両者譲らぬ大喧嘩が勃発!?　運命の絆か、将来の夢か。すれ違いを重ねる中、悠宇に展覧会へのアクセ出品の誘いが舞い込んで――。
シャインポスト② **ねえ知ってた？ 私を絶対アイドルにするための、ごく普通で当たり前な、とびっきりの魔法** 【著】駱駝　【イラスト】ブリキ	紅葉と雪音をメンバーに戻し、『TiNgS』を本来の姿に戻すため奮闘する杏夏、春、理王とマネージャーの直輝。結果、なぜか雪音と春が対決する事態となり……？　駱駝とブリキが贈る、極上のアイドルエンタメ第2弾！
楽園ノイズ4 【著】杉井 光　【イラスト】春夏冬ゆう	華園先生が指導していた交響楽団のヘルプでバレンタインコンサートの演奏をすることになったPNOのメンバーたち。一方の真琴は、後輩の伽耶を連れ、その公演を見に行き――？　加速する青春×音楽ストーリー第4弾。
死なないセレンの昼と夜 第二集 **―世界の終わり、旅する吸血鬼―** 【著】早見慎司　【イラスト】尾崎ドミノ	「きょうは、死ぬには向いていない日ですから」人類が衰退した黄昏の時代。吸血鬼・セレンは今日も移動式カフェの旅を続けている。永遠の少女が旅の中で出会う人々は、懸命で、優しくて、どこか悲しい――。
日和ちゃんのお願いは絶対5 【著】岬 鷺宮　【イラスト】堀泉インコ	終わりを迎えた世界の中で、ふたりだけの「日常」を描く日和と深春。しかし、それは本当の終わりの前に垣間見る、ひとときの夢に過ぎなかった……終われない恋の果てに彼女がつぶやく、最後の「お願い」は――。
新作 **タマとられちゃったよおおおぉ** 【著】陸道烈夏　【イラスト】らい	犯罪都市のヤクザたちを次々と可憐な幼女に変えた謎の剣士。その正体は平凡気弱な高校生で!?　守るべき者のため、兄（高校生）と妹（元・組長）が蔓延る悪を討つ。最強凸凹コンビの任侠サスペンス・アクション！

ある中学生の男女が、永遠の友情を誓い合った。1つの夢のもと運命共同体《しんゆう》となったふたりの仲は、特に進展しないまま高校2年生に成長し!?　親友ふたりが繰り広げる、甘酸っぱくて焦れったい〈両片想い〉ラブコメディ。

電撃文庫

空と海に囲まれた町で、
僕と彼女の
恋にまつわる物語が
始まる。
青春ブタ野郎シリーズ
鴨志田一
イラスト●溝口ケージ
図書館で遭遇した野生のバニーガールは、高校の上級生にして活動休止中の
人気タレント桜島麻衣先輩でした。「さくら荘のペットな彼女」の名コンビが贈る、
フツーな僕らのフシギ系青春ストーリー。
電撃文庫

幼なじみが絶対に負けないラブコメ
OSANANAJIMI GA ZETTAI NI MAKENAI LOVE COMEDY
［著］二丸修一
SHUICHI NIMARU
［絵］しぐれうい
『幼なじみ』
VS
『初恋の少女』
先の読めない
最先端ラブコメ開幕!!
STORY
高校２年生の丸末晴は、幼なじみの少女・志田黒羽からの好意を知りながらも、初恋の相手である可知白草に一途な恋心を抱いていた。だがそんな矢先、白草に彼氏がいることが発覚！
末晴は深い絶望の末、黒羽と手を組んで、男の純情を踏みにじった白草に"最高の復讐"をすることを決意する!!
電撃文庫

二月 公
イラスト／さばみぞれ
声優ラジオのウラオモテ
#01 夕陽とやすみは隠しきれない？
オモテは元気＆清楚なアイドル声優／
ウラはギャル＆根暗地味子な女子高生!?
プロ根性で世界をダマせ！
バレたらアウトの声優ラジオ
Now On Air!!
第26回
電撃小説大賞
大賞
受賞
電撃文庫

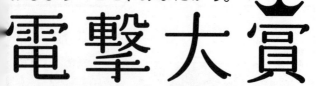